TONI ROBERTS

HINTER DEM WELTENRAND

Roman

AF272109

2. BAND - ORKNEYS GEHEIMNIS

ISBN 3-8311-1808-6

Originalausgabe
Copyright © by Robert Schmidt
Druck und Bindung: BoD(tm) Books on Demand GmbH

Die Entdeckung Amerikas durch Christoph Kolumbus - sie hat die Welt verändert. Doch es ist mittlerweile bekannt, daß er nicht der Erste war. Der Wikinger Leif Erikson betrat 400 Jahre früher den Kontinent. Seitdem lebte in den Völkern des nördlichen Europas der Mythos von jenem sagenumwobenen waldreichen Land.

Immer wieder versuchten die Grönländer und Isländer in den folgenden Jahrhunderten, dort Fuß zu fassen. Dabei stießen sie auf erbitterten Widerstand der Ureinwohner. Schließlich fuhren ihre Langschiffe nur noch hinüber, um das Holz an den Küsten zu schlagen. Im übrigen Abendland gerieten ihre Entdeckungen in Vergessenheit.

Im 14. Jahrhundert veränderten sich die Kräfteverhältnisse der alten Welt. Der Türkensturm erschwerte zunehmend den Orienthandel. Die Preise für Waren aus Persien und Indien stiegen ins Unermeßliche, so daß sich die christlichen Seefahrernationen ernsthaft mit dem Gedanken trugen, neue See- und Handelswege zu suchen.

Außerdem stieg die Zahl derer, die die schrecklichste Ausgeburt der Kirche - die Inquisition - mit dem Tode bedroht. Ihnen blieb nur der offene Kampf oder die Flucht. Aber selbst in den entlegensten Ländern der Christenheit konnten sie vor ihr nie ganz sicher sein. So auch in Schottland.

Dort wächst um die Mitte des 14. Jahrhunderts der Adlige Henry Sinclair heran. Viele junge Menschen an den Küsten rund um Edinburgh teilen mit ihm den selben Traum - den von der Seefahrt. Erzogen von in Schottland untergetauchten Tempelrittern macht Sinclair deren Ziele zu seinen eigenen. Der Orden sinnt darauf, Land auf der anderen Seite des Weltenmeeres zu finden, um somit dem drohenden Scheiterhaufen zu entgehen. Sinclair, der spätere Earl der Orkneys, ist ihre größte Sicherheit.

Unter seiner Herrschaft erleben die Inseln ihr goldenes Zeitalter. Sinclair versteht es, Männer um sich zu scharen, die aus unterschiedlichsten Motiven das gleiche Ziel haben - das Waldland der Wikinger finden. So endet das, was einst ein Jugendtraum war, nach über dreißig Jahren in den Wäldern Amerikas.

II. ORKNEYS GEHEIMNIS

1368 - 1369

Zeit und Orte der Handlung :

1368 - 1369

Schottland - Island- Nördlicher Ozean - Orkney

Der Verräter

Bei klarem Wetter ging die Kogge in der Bucht des Firth of Forth vor Anker. Vertraut erschien das Bild der kleinen niedrigen Häuschen von Leith direkt hinter den Docks. Hinter Leith verrieten die Türme der Kathedrale das nahe Edinburgh. Hoch oben über der Stadt erhob sich die riesige Burg auf schwarzen Basaltfelsen. Lustige kleine Schäfchenwolken zogen über dieses friedliche Panorama hinweg. Harry spürte, wie eine unsichtbare Kraft ihn förmlich hinüber an Land zog. Er sah, wie die kleinen Fischerboote ausgeladen wurden. Die Fischer verkauften ihre Fänge an die Händler, die damit nach Edinburgh weiterziehen würden. Drüben auf der Helling hörte man das gleichmäßige Hämmern beim Bau der Schiffe. Es roch nach Teer und frisch gesägtem Holz. Die Golden Ross konnte der junge Sinclair nicht entdecken, entweder war die Sicht durch die vielen, sich im Hafenbecken tummelnden Schiffe genommen oder Niall, Will und die anderen waren gerade wieder auf See. Als schließlich der Lotse an Bord kam, bat er diesen, ihn nach dem Ankern auf der Reede mit an Land zu nehmen.

Endlich war die Bremer Kogge an einem der vielen Pfähle der Reede sicher vertäut. Wie die meisten größeren Frachtschiffe wies sie einen zu starken Tiefgang auf, um bis an die Docks heranzufahren. Fast eineinhalb Faden lag der Kiel der Kogge unter der Wasseroberfläche. Nach dem Fall der Ankerkette ergriff Harry seinen Packsack, schmiß ihn auf seinen Rücken und wandte sich dem Fallreep zu, um auf das Lotsenboot hinabzuklettern. Etliche Schiffsmänner und Kaufleute, allen voran der Kapitän, verabschiedeten sich aufs herzlichste von dem jungen Ritter und wünschten ihm alles Gute für seinen weiteren Weg.

Mit dem, jedem wohl vertrauten überschwenglichen Gefühl, endlich wieder in der Heimat zu sein, verließ er das Handelsschiff. Sobald er festen Boden unter den Füßen verspürte, trugen ihn jene auch schon mit sicherem Schritt bis an das Ende der Docks. Vorbei an den großen Hallen und Werkstätten der Segeltuchmacher, der Böttcher, der Reepschläger und nicht zuletzt dem Schmiedeamt. Vorbei aber auch an der zur See gewandten Helling, wo die Schiffbauer mit ihrer Arbeit beschäftigt waren. Harry grüßte fröhlich, wen er traf und so manches freundliche Wort wurde ihm zurückgegeben. Es war ein Morgen im Hafen von Leith, wie er schöner wohl nicht hätte sein können.

Unaufhaltsam näherte sich Harry seinem Ziel, denn er wollte zuerst dem alten Niall einen Besuch abstatten. Tatsächlich nutzte das alte Rauhbein dieses herrliche Wetter um etwas zu werkeln. Er war gerade vor seinem Bootsschuppen damit beschäftigt, einen von den kleinen Fischerkähnen auszubessern. Niall strahlte übers ganze Gesicht, als er den jungen Sinclair erblickte.

„Mensch, Harry, dich hat wohl die See wieder ausgespuckt. Der alte MacLarren meinte, ein so undankbarer Strolch wird wohl nie mehr zurückkommen." Der kräftige, rothaarige alte Mann, war dafür bekannt, daß er selten ein Blatt vor den Mund nahm. Auch war ihm bis auf seine Schiffe nichts heilig auf dieser Welt. So duzte der im Hafen nur als der

Seeteufel bekannte Schiffbauer und früherer Reeder jeden, egal welchen Standes er war. In seinen Sprüchen neigte er auch oft zu Übertreibungen, was ihm natürlich jedermann verzieh.

Doch war es jetzt wohl mehr die Freude, den jungen Sinclair endlich wieder in Leith begrüßen zu dürfen. Grinsend schob er den Mund auseinander, so daß man seine zwei Stummel blinken sah. „Willkommen Harry. Sicherlich hast du viel erlebt in der Fremde." Dann winkte er ab. „Aber laß mal. Bei uns war es derweil auch nicht langweilig. Vor zwei Wochen waren die Jungs erst wieder mit der Golden Ross draußen fischen."

„Willkommen, du alter Halunke." Harry haute mit der flachen Hand gegen den Bootsrumpf. Dann schweiften seine Gedanken für einen Moment hinüber zu der kleinen Schnigge, die, ungefähr einhundert Yard von ihm entfernt, ruhig im Wasser des Firth of Forth schaukelte. Und wie ihm so erneut der Geruch des frischen Holzes in die Nase stieg, wünschte er sich bereits, wieder ein neues Schiff zu bauen.

„Morlay war in der letzten Zeit auch oft hier." Niall riß Harry aus seiner Versenkung und zeigte hinüber zur Helling wo die Zimmerleute emsig an einem Schiffsgerüst arbeiteten. „Ich werde das Gefühl nicht los, daß der alte Geheimniskrämer es kaum erwarten kann, das Wasser wieder unter seinen Füßen zu spüren. Aber vor der Winterlage werden die Schiffbauer es kaum schaffen können. Das wird Morlay wohl wissen."

„Seiner Initiative haben wir viel zu verdanken, Niall." Der Alte winkte ab. „Ach, dieser alte Wichtigtuer. Laß mich mit dem zufrieden. Jene Ordensritter denken, sie können alles über ihr Geld erledigen. Ich weiß gar nicht, was du bei denen verloren hast." Niall machte keinen Hehl daraus, daß er die Leute des Ordens nicht besonders leiden mochte. Überhaupt hatte er mit den Dienern der heiligen Mutter Kirche recht wenig im Sinn. Dafür schaute er in seinem Leben um so lieber ins Glas und wenn er mal einen über den Durst trank, konnte es verdammt gefährlich werden, ihm in die Quere zu kommen. Wie schnell war er dann aufbrausend. Mit dem wirren roten Haar und seinen kräftigen Oberarmen machte er dann auf seine Umgebung oft einen recht grimmigen Eindruck, so als ob mit ihm nicht zu spaßen wäre. Trotzdem schätzte Harry den alten Niall als eine brave und ehrliche Haut. Und für ihn, Will und die anderen tat er ohnehin alles.

Mit Begeisterung hatten die Jungs von Rosslyn schon frühzeitig mit dem Seeteufel in Leith zusammen kleinere Segelboote gebaut, mit denen sie dann tagelang zum Fischen hinausgefahren waren. Als Harry noch nicht geboren war, zählte Niall noch zu den treuesten Waffengefährten seines Vaters William Sinclair.

Manchmal hatte der junge Ritter ja auch zwiespältige Gefühle gegenüber den Männern mit dem Kreuz auf dem Mantel, aber auf David Morlay ließ er nichts kommen. „Jetzt tust du ihnen aber Unrecht", sagte er zu Niall. „Wahrscheinlich kann es David nicht leiden, daß du Tag und Nacht besoffen bist."

Dafür erhielt er sofort die passende Antwort. „Es geht dich nichts an, ob ich besoffen bin oder nicht. Jedenfalls mache ich meine Arbeit nach wie vor. Und ich mache sie gut. Oder was denkst du, wer sich die ganze Zeit um die Golden Ross gekümmert hat?!" Harry setzte sich in den Sand. „Wir sollten uns nicht nach meiner Ankunft so herumstreiten." Der Alte brummte etwas und widmete sich wieder seinem Boot, während der junge Ritter seinen Blick über den Hafen schweifen ließ. Das da hinten mußte die Hansekogge sein. Längst hatten die Schiffsmänner aus Bremen das Rahsegel gerafft. Vielleicht begannen sie jetzt schon mit dem Entladen, was er allerdings bezweifelte. Bis dahin konnte es etwas dauern. Sicherlich nicht mehrere Tage, wie in Sluis bei Brügge.

Doch Formalitäten mußten überall erledigt werden, auch hier. Die deutschen Kaufleute würden heute alle Hände voll zu tun haben. Beim Anlaufen der großen Umschlagplätze drüben auf dem Kontinent fuhren sie meist den Handelsschiffen zu See oder zu Lande voraus, um eine schnelle Entladung der Fracht am Bestimmungsort zu sichern.

Harry erinnerte sich mit einem Male auch an einige Skizzen, die ihm Rico noch in Lissabon übergeben hatte. Langsam zog er nun den Packsack an sich heran und öffnete ihn. „Niall, komm mal her."

Der Alte schielte zu Harry hinüber und ließ seine Werkzeuge fallen. „Du hast doch nicht etwa an den alten Niall in der Ferne gedacht."

Harry lachte. „Und ob, du wirst staunen." Er brachte ein paar zerknitterte Pergamente zum Vorschein. Neugierig beugte sich der Alte über ihn, so daß Harry seinen schweren, mit Bier gefüllten Atem spüren konnte.

„Das sind Pläne über die Bauweise neuester portugiesischer Karavellen." Niall schaute Harry etwas ungläubig an. „Reicht dir die Golden Ross nicht. Oder meinst du immer noch, daß sie besser bauen als wir." Henry Sinclair drehte sich um und sah den Alten verwundert an. „Ich will ja nur, daß du sie dir mal ansiehst. Später können wir uns sicher einmal länger darüber unterhalten. Es wird nämlich allmählich für mich Zeit, daß ich aus diesen Kleidern herauskomme. Ich glaube, ich stinke schon ganz widerwärtig."

Harry schnürte den Packsack wieder zu, warf ihn auf den Rücken und erhob sich. Dann wandte er sich an den alten Schiffbauer. „Vielleicht sehen wir uns schon in einer Woche, Niall. Jetzt gehe ich erst einmal rüber nach Edinburgh. Irgendein Fuhrmann wird mich schon nach Rosslyn rausfahren." Die beiden Männer verabschiedeten sich voneinander. Während der alte Niall sich wieder seinem Boot widmete, kehrte Harry dem geschäftigen Leith den Rücken und verschwand in Richtung der altehrwürdigen Stadt.

Auf dem Marktplatz zu Edinburgh fand Harry tatsächlich ziemlich schnell einen Bauern, der vom Wochenmarkt auf sein Dorf zurückkehren wollte und dem Ritter den freien Platz auf seinem Wagen anbot. Der Karren mit den zwei eingespannten Ochsen zuckelte gemächlich durch die grüne hügelige Landschaft. Es war angenehm, an diesem heißen Spätsommertag unter dem vollen Dach der Bäume, die den Wegrand säumten, so dahin zu zuckeln. Auch strich ein leichtes Lüftchen durch die Zweige und die Sonne durchflutete das Laub der Kronen, so daß die beiden recht guter Dinge waren.

Harry unterhielt sich mit dem Bauern über allerlei Neuigkeiten, die die Menschen zwischen den Moorfußbergen und dem Firth of Forth bewegte. Jener war sehr gesprächig und so verging die Zeit denn auch recht schnell.

Keine zwei Stunden dauerte es, bis zwischen den östlichen Ausläufern der Pentlandberge das Tal der Esk und auch die Burg von Rosslyn auftauchte. Auf den Feldern unten im Grund fuhren bereits ein paar Bauern die Ernte ein. Jetzt kannte Harry kein Halten mehr. Endlich, endlich war er wieder zu Haus. Bei Gott, wie lange hatte er auf diesen Augenblick gewartet.

Sie hielten den Ochsenkarren kurz an und Harry sprang vom Kutschbock. „Vielen Dank fürs Mitnehmen", rief er noch dem Fuhrmann zu, der bereits schon wieder weiterfuhr. Der junge Ritter indes verließ den Weg und lief quer über die Hangwiesen direkt auf die Burg zu. Dahinter lagen in der Ferne die Moorfußberge, durchschnitten von der tiefen Schlucht der Esk.

Auf einem kleinen Acker zogen zwei Bauern gerade Rüben. Einer nahm den Kopf hoch, als er den herannahenden Mann mit gegürteten Schwert, umgehängter Armbrust und Packsack gewahrte. Im ersten Moment befiel ihn ein recht unangenehmer Gedanke. Das war doch nicht etwa ein englischer Kriegsherr? Der Bauer fing an zu schlottern. Zuviel hatte er in seinem Leben schon durchgemacht. Zweimal waren englische Stoßtrupps mitten im Sommer bis Edinburgh vorgedrungen. Zweimal waren sie abgeschlagen wurden. Aber die Folgen ihrer Angriffe waren geplünderte Höfe und verwüstete Äcker. Er konnte sich noch recht gut daran erinnern. Wer sich nicht rechtzeitig in Sicherheit brachte, mußte es häufig mit dem Leben büßen.

Doch er beruhigte sich schnell wieder, denn der Ritter, der näher kam, wirkte auf ihn vertraut. Jawohl, jetzt gab es keinen Zweifel mehr. Wie hatte er sich nur so täuschen können. Dort kam Sir Henry.

Er knuffte den anderen, der ganz in seine Arbeit vertieft war und so den Schreck des anderen gar nicht bemerkt hatte, in die Seite. „Schau mal. Ist das nicht der Sohn von unserer Herrin Isabella." „Tatsächlich, du hast recht, er ist's. Der ist doch in der südlichen Fremde mit dem Schiff gewesen. So haben sie es jedenfalls auf der Burg erzählt. Dem heiligen Jakobus soll er gehuldigt haben." Der Angesprochene kratzte sich die verkrustete Erde von der Hand und entgegnete. „Unsereins kann es sich nicht leisten, in der Welt herumzureisen. Aber jetzt, wo er wieder zurückgekehrt ist, glaube ich, wird Lady Isabella ein Wiesenfest stiften. Du wirst sehen, morgen lodern die Feuer unterhalb der Burg." Er wischte sich mit dem Handrücken den Schweiß von der Stirn.

„Dann wird er vielleicht ein Faß Bier für uns spendieren", antwortete der andere, woraufhin beide ein leichtes Grinsen nicht unterdrücken konnten. Sie verbeugten sich, als der Ritter in einiger Entfernung an ihnen vorüberging. Harry erwiderte ihren Gruß und beschleunigte seine Schritte.

Es dauerte denn auch nicht lang und bald tönte es durch die Mauern von Rosslyn Castle, Harry ist wieder da.

„Wir sollten ein kleines Fest zu deiner Ankunft geben", meinte seine Mutter Isabella überglücklich zu Edward, dem alten Freund seines Vaters und Verwalter der Burg. „Schließlich hat Harry dieses Jahr unser Maienfest verpaßt." Zu ihrem Sohn gewandt, sprach sie. „Du hättest dabei sein sollen, Harry. Sir William Douglas hat diesmal als zweitbester beim großen Turnier abgeschnitten. Dein Cousin James kommt morgen aus den Borderlands zurück." „Nimm es mir nicht übel, Mutter, aber ich würde jetzt gerne erst mal ein Bad nehmen." Isabella Sinclair tippte sich an die Stirn. „Verzeih, Harry. Wie konnte ich nur..." Sie wies sofort einen Diener an, das Badewasser vorzubereiten.

Harry verschwand indes in seiner Kammer, um sich seiner Reisesachen zu entledigen. Die Kleider an seinem Leib stanken förmlich nach Schweiß und See. Das Fell des hirschledernen Beutels war klebrig und stumpf. Doch über Harrys Gesicht huschte ein leichtes Lächeln, als er an den kostbaren Inhalt des Beutels dachte. Die Pergamente, auf denen er Omars Erklärungen festgehalten hatte, der Köcher mit dem Papyrus und nicht zuletzt der Saphir Belakanes. Harry verschloß alles in der kleinen Eichentruhe, die neben seinem Bett stand. Nachdem Harry sich seiner Reisesachen entledigt hatte, ging er in den Baderaum und genoß ein ausdauerndes Bad in einem Wasserbottich.

Einige Stunden nach dem Mittagsmahle - er hatte noch etwas geruht - beschloß der junge Sinclair, mit Edward für den Rest des Tages auf die Beizjagd zu gehen.

Im Hof standen schon die Pferde bereit. Simon, der Stallknecht, hatte für Harry Thurindas, den Schimmel, herausgeführt. Für einen solchen Ausritt verzichtete man auf der Burg auf Sättel. Nur Decken lagen auf den Rücken der Tiere. Thurindas witterte mit seinen Nüstern den lange ausgebliebenen Herrn. Fröhlich wieherte das Roß als Harry aufsaß.

Edward selbst erschien im Hof mit einem Falken auf dem Handschuh und einer Armbrust in der anderen Hand. Es war ein wunderschöner Merlinfalke mit veilchenblauem Gefieder. Nur vorne auf der Brust hatte er orangegelbe Federn. Den Kopf verdeckte eine Lederhaube, damit er nicht unruhig wurde. Der alte Edward reichte den Vogel dem jungen Sinclair hoch, um auf seinen Braunen aufzusteigen. Kurz darauf sahen die Bauern, die auf ihren Feldern die Ernte einbrachten, zwei Reiter, die die große Burg über die Zugbrücke nach Süden verließen.

Sie ritten hinauf in die Moorfußberge. Auf ihrem Wege kamen die beiden auch am Hofe des alten Leeword vorbei. John war gerade damit beschäftigt, das Dach auszubessern. Als er sah, wer zu ihm heraufblickte, ließ der junge Hüne ein Bündel Stroh aus den Händen gleiten. Gebührlich grüßte er zuerst den jungen Clanhäuptling und dann den alten Edward und erkundigte sich anschließend nach Harrys Reise.

„Danke der Nachfrage, John. Aber wenn ich jetzt anfange, dir etwas zu erzählen, dann schaffen wir wohl beide nicht mehr unser Tagewerk. Komm doch in drei Tagen mit den anderen nach Rosslyn Castle. Es soll ein großes Feuer brennen und reichlich Bier für euch alle wird auch vorhanden sein."

Harry hatte noch nicht geendet, da kam aus dem Haus der alte Leeword heraus und so ließ man sich nun doch auf einen kurzen Schwatz ein, bis der alte Edward zum Gebot der Stunde mahnte. Der Falke auf seiner Hand begann nämlich bereits unruhig zu werden. Man verabschiedete sich, um wieder seiner Wege zu gehen.

Die beiden Männer ritten weiter, bis sie in ein seichtes Tal gelangten. Am Rande eines schattigen Eichenhains saßen sie ab und machten ihre Pferde an einer Hainbuche fest. Edward nahm den Merlinfalken und reichte ihn dem jungen Sinclair. „Laßt ihr ihn heute fliegen. Ihr habt lange darauf gewartet."

Es war in Rosslyn Castle recht gut bekannt, daß es in diesem Grund viele Rebhühner gab. Allerdings waren sie in dem welken Gras, das der Sommer hinterlassen hatte, nur schwer zu entdecken. Jedoch der kleine fliegende Jäger leistete ganze Arbeit und bald hingen an jedem Sattel vier Rebhühner. Natürlich forderte auch der Merlinfalke nach jedem erfolgreichen Tiefflugangriff seinen Anteil. Der alte Edward hatte dafür Fleisch in einem kleinen Fellbeutel mitgebracht. Als die Kraft des Raubvogels nachließ, banden sie ihre Pferde wieder los.

„Wenn das keine gute Ausbeute ist?" lachte Harry. „Der kleine Teufel ist unbezahlbar. Unsere Armbrüste hätten wir wohl getrost zu Hause lassen können", entgegnete Edward. Dann zeigte er nach Westen, wo die Sonne bereits tief am Horizont stand. „Beeilen wir uns, daß wir noch vor Sonnenuntergang zurück sind." Als sich der Abend über die grünen Hügel herniedersenkte, kehrten die drei Jäger zur Burg zurück.

*

Am Morgen des dritten Tages nach Harrys Rückkehr liefen bereits noch vor Sonnenaufgang die Vorbereitungen für das große Spektakel an. Knechte und Mägde wußten genau, was zu tun war. Zunächst wurden vor dem ersten Morgengrauen die Feuerstellen auf den Wiesen unterhalb der Burg hergerichtet. Dazu hatten die Knechte schon am Vorabend Holz geschlagen und Reisig gesammelt.

Die Frauen kümmerten sich dagegen in der Küche der Burg um das Fleisch. Die geschlachteten Schafe, Rinder und Schweine hatten genügend abgehangen. Drei einjährige Lämmer wurden, mit Speck umwickelt, auf Spieße gesteckt. Außerdem wurden zwei Schweine und ein Ochse zerlegt und die einzelnen Fleischstücke ebenfalls aufgespießt. War das Fleisch zu trocken, spickte man es mit Speck. Auch bepinselte man es ständig mit einem würzigen Sud, bestehend aus Knoblauch und Zwiebeln, die in einer Öltunke schwammen.

Nach der Halle, war die Küche der größte Raum der Burg. Im Zentrum des Gewölbes thronte gewaltig zehn Fuß lang, sieben Fuß breit und vier Fuß hoch der Herd, fest gemauert aus Stein, doch innen war Platz für ein kräftiges Feuer aus guten Buchenscheiten. In der Mitte des Herdes lag ein Rostgitter, durch das die Hitze des Feuers nach oben drang.

Über dem Herd befand sich ein Gerüst, das für die Bratspieße vorgesehen war. Hier hingen die saftigen Stücke eines Ochsen oder eines Rehbockes am Spieß. Mit einem langen Schöpflöffel wurde das Fleisch immer wieder mit heißem Fett übergossen. Damit nichts von dem Fett durch das Gitter in die Glut tropfte, hielt eine zweite Person ein Blech schräg unter den Spieß. Von diesem Blech rann der Saft oder das würzige Fett auf die heißen Steine neben dem Gitter. Der Herdboden war an einer Stelle so gemauert, daß sich die flüssige Soße in einem Kanal fing, der am Rand des Herdes in einer breiten und flachen Mulde endete. Hier befand sich ein kleines Loch, durch das die gute Bratentunke abfließen konnte. Sie gelangte weiter über eine enge, tiefe Rinne und wurde schließlich am Boden in einem bereitstehenden Topf oder Kessel aufgefangen. Das in die Mulde hineinschwemmende Fett gerann indessen. Dieses Fett nutzte man später, um Talgkerzen daraus zu machen. Die Bratentunke jedoch, goß ein Koch in regelmäßigen Abständen über das Fleisch.

Natürlich standen in der Küche auch Tische, an denen das Fleisch mit Hackmessern zerteilt oder die Zutaten, wie das Gemüse, zubereitet wurden. Daneben lagen Töpfe, Pfannen, Gewürznäpfe, Körbe mit Eiern und gerupftes Geflügel.

Direkt neben der Küche befand sich die Backstube. Dort stand ein gemauerter Ofen, acht Fuß im Durchmesser und mannshoch. Hier wurde das Brot gebacken.

Nachdem die Fleischspieße vorbereitet waren, trugen sie die Männer hinaus auf die Wiese. Jetzt, wo es nun bald auf Mittag zuging, gaben die großen Feuer, fünf waren es insgesamt, eine gute Glut ab, so daß man die Spieße darüber hängen konnte. Danach wurden die Bänke herausgetragen, denn viele wurden heute erwartet und so manche hungrigen Mäuler würde es dabei zu stopfen geben.

Es war üblich, daß es um diese Zeit immer die großen Erntedankfeste gab, zu denen alles, was Beine hatte, ging, um dem Herrn für die Frucht der Erde zu danken, aber auch fröhlich und ausgelassen das Ende des Sommers zu feiern. Die ersten, die sich auf der Wiese versammelten, waren die Kinder des nahen Dorfes Rosslyn. Sie umlagerten die großen Feuer und fragten die Knechte, ob sie denn auch einmal am Spieß drehen durften.

Schon Henrys Vorväter verstanden es, die Leute an ihre Scholle zu binden und teilten mit den Menschen, wenn unwirtliche Zeiten anbrachen. Wenn die Jahre gut waren, brauchte niemand Not zu leiden. Dann wurden vor allem die Speicher der großen Burg gefüllt, um in mageren Jahren auf Reserven zurückgreifen zu können. Im Gegenzug verlangten die Clanoberen absolute Treue, wenn es darum ging, in Grenzkriegen mit den Engländern dem Heerbanner zu folgen. Darin verstanden die Sinclairs keinen Spaß. Auch Viehdiebe aus benachbarten Ländereien verfolgten sie kompromißlos und ohne Gnade.

Doch heute dachte keiner an Fehde und Händel und zumindestens nach außen gaben sich die Leute des Landstriches unterhalb der Moorfußberge wie ein Herz und eine Seele. Natürlich blieben die großen Menschenaufläufe aus, wie zum Maienfest aus, aber nicht minder schwärmten die Bauern aus dem Dorf Rosslyn und den Hütten rings um die Burg von ihren Herbstfesten. Reiche Freibauern wußten, was sie dem Clanhäuptling schuldig waren und spendierten je nach Größe ihres Geldbeutels einen Laib Brot oder ein kleines Faß Bier.

Viele kamen auch, um von dem jungen Sinclair etwas aus der Fremde zu erfahren. Spärlich flossen die Nachrichten vom Kontinent in diese Lande und jeder, der von dort zurückkehrte, wurde besonders hoch angesehen. Sicher verflog eine solche Begeisterung mit der Zeit, nun aber wollten alle die Einzelheiten von Henry Sinclairs Pilgerfahrt erfahren.

Am Nachmittag hatte sich schon eine beträchtliche Menge eingefunden. Wenn nicht gegessen wurde, übten sich die Männer im Bogenschießen und anderen Wettkämpfen. Doch schließlich rückte man enger auf den Bänken zusammen, denn die Septemberabende konnten durchaus schon empfindlich kalt sein. Für Sir Henry war es nun endlich an der Zeit, mit seinem Bericht zu beginnen.

Zwei Tage sollten sich die Spieße über den Lagerfeuern drehen und man lauschte in jenen warmen Spätsommernächten seinen Ausführungen über die doch so abenteuerliche Fremde. Harry mußte dabei höllisch aufpassen, kein Wort über die Karte und alles was damit zusammenhing zu verlieren. Viele der Zuhörer, die schon wieder mit Frösteln an den kommenden naßkalten Winter dachten, faszinierte, daß im fernen Lande der Araber die Sonne viel öfter und heißer scheint als auf den Inseln. Dort kannten die Leute keinen Winter. Und wie seltsam, erzählte Harry doch, daß man sich in Andalusien oft nach dem Regen sehnt und ihn wie ein Geschenk des dort angebeteten Gottes Allah betrachtet.

Vielen der Bauern schien die Vorstellung zu fehlen, als sie Worte über die gewaltigen Bauten und die Meisterwerke des Handwerks vernahmen. Harry erzählte von den gewaltigen Metropolen des Kontinents, der Seestadt Lissabon, dem reichen Brügge und märchenhaften Silhouetten Andalusiens, Sevilla, Cordoba und vor allem Granada. Allerdings sprach er wenig über die Ereignisse im Schatten der Alhambra und auch den Überfall durch Randolf MacWquire erwähnte Harry nicht. Dagegen berichtete er von jener erhabenen Ergriffenheit, die ihn in der großen Kathedrale von Santiago de Compostela befiel, gleich einer unendlichen Durchdringung von der Kraft des Himmels.

Von den wenigen Adligen, die aus der Nachbarschaft kamen, waren es vor allem die Söhne der Montgomerys und Setons, die gar wunderliche Dinge aus Frankreich erzählten. An der Loire machte es die Runde, daß einige wagemutige Kapitäne auf ihren Fahrten auf dem großen Ozean des Okzidents weit in den Süden gelangt seien. Sie befanden, daß die arabischen Reiche in Nordafrika noch reicher und prachtvoller wären als das Land der spanischen Mauren. Die französischen Seeleute haben Afrika an der westlichen Küste erkundet und sind dabei tief auf südliches Gebiet vorgestoßen. Anstatt jedoch am Rand der Welt zu verschwinden, kehrten sie zurück und berichteten von sonderlichen Dinge, die sie dort gesehen haben wollen. Länder, in denen nur Mohren wohnen. Doch meinen die Kirchenväter, daß solche Brut nur Teufelswerk entspringen kann.

Wie John Seton seine Worte auf die Seefahrt lenkte, weckte er das Interesse der jungen Männer, die ihr Herz der See verschrieben hatten. Will und Geoffrey wollten etwas über die Verläufe und Gefahren größerer Seereisen wissen und um die vielen verschiedenen Schiffe in den fremden Häfen. Harry, der ja schon etwas über den Sturm vor der Bretagne und über den Seeräuberüberfall auf die deutsche Kogge erzählt hatte, berichtete ihnen von Sluis und Lissabon, vor deren Docks unzählige Koggen, Hulke und Karavellen in Reihen nebeneinander liegen würden. Sicherlich ein überwältigender Anblick, den er nicht so schnell vergessen würde, aber er benannte auch die Probleme, die damit verbunden waren. Besonders dramatisch sei die Lage in Sluis bei Brügge. Er schilderte die dort auftretenden Schwierigkeiten bei der Be- und Entladung der Frachtschiffe. Oft müßten die Besatzungen tagelang warten, bis sie endlich an der Reihe wären. Dies und vieles andere mehr erzählte der junge Sinclair und unterhielt so seine Zuhörer bis tief in die Nacht hinein.

*

Ein paar Tage später hielt es Harry für an der Zeit, den alten Morlay aufzusuchen, um ihm Bericht zu erstatten, was er im fernen Maurenlande über die Karte in Erfahrung gebracht hatte. Er erhoffte sich nicht zuletzt durch den Templer Klarheit in der Frage darüber, wer Randolf MacWquire war und wer sonst noch alles ihrem Geheimnis auf die Schliche gekommen sein könnte. Der junge Ritter verstaute den kleinen hirschledernen Beutel, holte seine Armbrust und begab sich zu den Ställen. Dort sattelte er sein weißes Pferd Thurindas und saß auf, um Rosslyn in Richtung Süden zu verlassen.

Harry nahm zunächst die Straße nach Kirkton. Er ritt immer die Esk aufwärts, die sich hier durch dichte Eichenwälder wand. Nach ungefähr zwei Meilen bog der Reiter nach links in ein Seitental ab. Ein kleiner Waldpfad führte über ein Hochplateau, das nach einigen Meilen wieder nach Süden hin abfiel.

Hier lag eine Schlucht verborgen, in der ein tosender Fluß rauschte. Er floß der Esk entgegen, um sich mit ihr nördlich von Rosslyn zu vereinigen. Einige nannten dieses Wildwasser die südliche Esk. Harry stieg vom Pferd, denn der Pfad führte steil und an unwegsamen Stellen vorbei ins Tal. Auf der anderen Seite der Schlucht erhob sich wuchtig der Kamm der Moorfußberge.

Harry gelangte immer tiefer in den Grund hinab. Dichter Laubwald umfing Pferd und Reiter. Weithin hörte man das über die Steine des Grundes schießende Wasser. Folgte man dem Fluß immer stromaufwärts, gelangte man geradenwegs zum Ordenshaus von Balantrodoch.

Die Frühsonne verwehrte den tiefer liegenden Stellen der Schlucht ihre Wärme. So lag der Waldweg noch im tiefen Schatten, während die Wipfel der alten Bäume schon lichtdurchflutet im herbstlichen Kleid erstrahlten. Bald kam Harry an einem großen Wasserfall vorüber. Zwischen den Stämmen konnte er immer wieder etwas von dem

Bild des über Steine dahinfließenden Flusses erhaschen. Da ein von Erlen umsäumtes steiles Ufer, dort ein flaches Kiesbett. Noch erhoben sich die Laubbäume dicht auf beiden Seiten des Tales.

Später führte ihn der Weg über kleine Bruchwiesen links und rechts der südlichen Esk. Auf einer stand zwischen Jahrhunderte alten Korbweiden ein halbverfallener Brunnen. Von diesem Brunnen aus sollte es einen geheimen Zugang zu einer Grotte geben und es wurde gemunkelt, daß jenen der Befreierkönig früher benutzte.

Weit würde es von dem Brunnen nun nicht mehr bis zum Ordenshaus sein. Die südliche Esk strömte jetzt auch ruhiger durch das etwas breiter gewordene Tal. Durch Mäander hatten sich im Laufe der Zeit hier überall kleine Weiher gebildet. Wiesen lösten kleine Auenhaine ab und umgekehrt. Der junge Ritter zählte schon die Wegbiegungen bis zu dem nahen Ziel. Schließlich langte er an den Mauern des Ordenshauses der Johanniter und Templer von Balantrodoch an.

Der junge Sinclair zügelte Thurindas und näherte sich dem gut befestigten Anwesen. Aufmerksam schweifte sein Blick über die starken Mauern auf das dahinterliegende lange Steinhaus und die kleine Tempelkirche. Deutlich erkannte er das kleine Fenster hinter dem er auch sehr oft gesessen hatte und er wußte nur zu gut, wie sehnsüchtig ihn der Alte erwartete.

Vor der Mauer arbeiteten zwei Männer in einem Garten. Die Ernte des Jahres mußte eingefahren oder die Erde für das nächste Frühjahr vorbereitet werden. Der eine von beiden war Edmund the Red. Mit einer Hacke lockerte er den Boden auf, wobei seine Hände viel Unkraut zu ziehen hatten. Harry sprang aus dem Sattel „Brr. Ruhig Thurindas" Das Pferd blähte die Nüstern und schnaubte laut. Edmund hob seinen Kopf und schaute hinüber zu dem Weg, der zum Tor des Ordenshauses führte. „Lachlan, schau doch. Der junge Sinclair ist da. Das wird Meister David mit Freude vernehmen." Die zwei liefen auf ihn zu. „Ihr seid es, Sir Henry." Freudig begrüßte Edmund den jungen Ritter. „Kommt ins Haus. Ihr seid sicherlich durstig. Meister Morlay erwartet schon lange eure Rückkehr." Edmund the Red pochte gegen die große Eingangspforte von Balantrodoch. „MacFlynn, öffne. Wir haben einen Gast mitgebracht."

Ein älterer, etwas beleibter, Harry recht wohl bekannter, vierschrötiger Kerl öffnete ihnen die schwere Holztür. „Macht nicht so einen Krach, ihr werdet, oh..." Er unterbrach seine Worte. „Sir Henry. Was für eine Überraschung. Beim Heiligen Johannes. Ihr wollt sicherlich zu Morlay. Wenn David Morlay nicht mehr beim Präzeptor weilt, müßte er in seinem Zimmer sein. Ich brauche euch ja nicht zu sagen, wo ihr ihn findet."

Harry übergab MacFlynn die Zügel seines Rosses. „Könnt ihr euch um Thurindas kümmern, solange ich hier bin." „Wenn er mir nicht wieder die Rebstöcke anknabbert", schimpfte der alte MacFlynn. Harry achtete nicht weiter darauf, wandte sich von ihm ab und lenkte seine Schritte zum Eingang des Hauses. „Wartet. Ich werde euch begleiten", rief Edmund und stolperte ihm hinterher. Sie stiegen die kleine Wendeltreppe, den

Innenaufgang, hinauf. David bewohnte ein Zimmer im oberen Teil der Abtei. Als Harry jedoch an der Tür mit dem eingravierten achtspitzigen Kreuz klopfte, öffnete niemand. „Vielleicht ist er noch in einer Unterredung mit dem Präzeptor." Der junge Mönch des Ordens wirkte etwas unsicher. „Es ist gut, Edmund", entgegnete der Ritter. „Ich werde in der Kirche warten." Als sie wieder auf dem Hof waren, ging Harry allein zu der kleinen Tempelkirche von Balantrodoch. Die Kirchen des Templerordens unterschieden sich oft dadurch von gewöhnlichen Kirchen, daß sie die typische byzantinische und daher runde Form aufwiesen. Diese war jedoch im normannischen Stil errichtet, mit hohen gotischen Fenstern. Die Tür unter dem Eingangsportal stand weit offen.

Der junge Ritter betrat lautlos die heiligen Hallen. Durch die großen Säulen gewahrte er etliche Mitglieder des Ordens in der Nähe des Altars, ihr stilles Gebet verrichtend. Prüfend glitt sein Blick über ihre Reihen. David war tatsächlich nicht hier. Da Harry ein Schwert an seiner Seite trug, verweilte er vorerst im Seitenschiff. Den Blick auf das Kruzifix gerichtet ging er in die Knie und versuchte, zu jener tiefen Ruhe zu kommen, die er schon sehr lange vermißt hatte. Eine Ruhe wie man sie nur an stillen Plätzen, wie in Kirchen oder in tiefen Wäldern findet. Er zwang sich, die Eindrücke der letzten Monate zu ordnen, denn er wollte dem Alten seinen Bericht, ganz besonders die Worte Omars, möglichst vollständig vortragen.

Doch Harry fiel dies schwerer als er gedacht hatte. Die Gedanken, die in seinem Kopf wild herum kreisten, fingen so nach und nach an, ihn zu verlassen, bis er schließlich nur noch eine grenzenlose Leere verspürte. Allerdings empfand er diese Leere als angenehm. Sein Blick ruhte auf dem reinen Kreuz und er spürte eine Leichtigkeit, so als hätte man alle Sorgen von ihm genommen.

„Willkommen in Schottland." Leise klang die Stimme, die ihn aus seiner tiefen Versenkung zurückholte, und doch war sie wohlvertraut. David de Morlay kniete in seiner schlichten derben Wollkutte neben dem jungen Sinclair, den Blick ebenfalls auf das Kreuz gerichtet. Der Templer drehte ganz langsam den Kopf und zwinkerte ihm zu. Sie verließen die Kirche.

Draußen hauten sie sich zunächst gegenseitig auf die Schultern. „Es ist gut, daß du wieder da bist. Ich wette, ihr habt in Rosslyn gefeiert, was die Becher hergaben." Harry lachte. „Ich glaube, ich habe gut geübt dafür. Bei meiner Schiffsreise gab es doch ständig Bier, morgens, mittags und abends. Allerdings gestehe ich, daß es nur Dünnbier war, das die Koggen an Bord mit sich führten." „Dünnbier. Wie köstlich. So sehr hast du unser schottisches Malzbier vermißt." Daraufhin lachten sie beide. „Na, da wollen wir doch mal sehen, was du für neue Erkenntnisse aus der Fremde mitbringst."

*

Eine hohe Wachskerze wurde entzündet. Das Zimmer des Templers war schlicht und einfach eingerichtet, genau wie es auch die Gesetze des Ordens vorschrieben. Außer Tisch, Bank und dem Bett in der Ecke stand unter dem Fenster eine große Truhe, in der Morlay seine wichtigsten Utensilien, hauptsächlich Kleider, verstaute. Den Luxus von kleinen Glas- oder Butzenscheiben in den Fenstern leisteten sich in Schottland nur wenige und so gab es auch im Ordenshaus von Balantrodoch keine. Dagegen hatte dieses Zimmer nur kleine offene zugige Fensterschlitze. Die Felle, die überall hingen und auch die kleine Bank bedeckten, auf der die beiden Ritter saßen, ersetzten den fehlenden Kamin.

David begann zunächst mit dem Wichtigsten, der Karte. Harry überreichte ihm den Papyrus und holte seine dazugehörigen Notizen hervor. Dann fing er an zu erzählen: „Diese Karte wurde zur Zeit der Herrschaft des letzten Assyrerkönigs in Ägypten angefertigt. Sie ist - und das ersetzte mich in Erstaunen - nur eine Kopie. Omar vermutete als Original ein riesiges Steinrelief, das die Erde darstellt. Diese ägyptischen Bildzeichen" Harry zeigte auf jene Stelle „verraten es uns. Man hat nie wieder von dem Original gehört und wahrscheinlich ist es in Ägypten verschollen. Omar nahm weiterhin an, daß diese Karte nur ein Viertel der Erde zeigt und sie nur eine, von insgesamt vier verschiedenen Karten ist."

„Ich habe das auch schon angenommen, denn hier muß man einfach", David wies auf die Pyramiden von Gizeh, „einen zentralen Punkt vermuten. Schon allein wegen der ungeheuren Ansammlung und Vielfalt der Symbole in Bereich des Heiligen Landes."

„Doch wo die anderen Kartenrollen sind, weiß niemand", erwiderte Harry achselzuckend. „Wir werden es wohl nie erfahren", entgegnete der Templer. „Aber es leuchtet ein, daß die alten Ägypter die ihnen bekannte Welt in die vier Abschnitte unterteilten." „Und dies ist der Papyrus, der den westlichen Teil der Nordhalbkugel abbildet." „Genau. Wie bist du so schnell darauf gekommen?"

Harry lachte verschmitzt. „In Salamanca suchte ich einen Gelehrten auf, den mir Omar empfahl. Er zeigte mir ein Abbild der Erdkugel in Silber." „Das bestätigt nur, was ich schon lange voraus gesagt habe", rief Morlay erfreut aus. Harry fuhr fort: „Jene Kugel wurde bereits vor zweihundert Jahren von einem Araber angefertigt und ich habe auf ihr die Gravuren einiger unbekannter Inseln im großen Ozean gesehen." „Sag, wie hießen diese Inseln", unterbrach ihn David verwirrt. „Ich weiß nicht, wie die Araber sie nannten, aber der spanische Gelehrte erwähnte den Namen Drogeo"

„Jawohl Drogeo. Das ist es." „Du kennst es? Sag woher?" „Die Wikinger nannten es Waldland. Ich habe es dir schon einmal vor langer Zeit erzählt. Die Lateiner haben Drogeo daraus gemacht; *Drogeo, die Insel am Ende der Welt.* "

David Morlay packte den jungen Sinclair: „Aber sage, was sahst du noch auf jener Silberkugel?" Harry winkte ab. „Dort, wo wir einen großen Erdteil vermuten, war die Kugel matt und ohne Gravur. Die Araber behaupten dort läge das Meer der Finsternis."

Der Templer atmete tief durch. „Nun gut, was gibt es von Omar weiter zu berichten?"

Harry rollte das erste Pergament auseinander. Dann erläuterte er an Hand seiner Aufzeichnungen die vorhandenen nautischen Eintragungen des Papyrus, die zumeist von den Phöniziern stammten. Das Problem würde in der Verschiedenartigkeit der anders geltenden Maßstäbe liegen. Denn wer wüßte schon heute, welche Länge das alte Lot der Phönizier maß.

Jedenfalls galt es jetzt als sicher, daß phönizische Segelschiffe den fernen Kontinent auf der anderen Seite des großen Ozeans des Okzidents vor ungefähr zweitausend Jahren erreichten.

Ferner benannte Harry Flüsse, Seen und Meerespassagen, Gefahren von auftretenden Strudeln und gefährlichen Wirbelstürmen.

Schwieriger war es, die altägyptischen Bildzeichen, die allerdings weniger nautischer Natur waren, richtig zu deuten, denn hier hatte auch der weise Omar al Harif oft nur vage Angaben hinterlassen. Handelte es sich doch dabei nicht um Eintragungen von Navigatoren, sondern um geheimnisumwitterte Bildzeichen des Totenpriesters.

Harry wies erneut auf die zentrale Rolle der Pyramiden hin und bemerkte, daß die phönizischen Seefahrer in der neuen Welt einige nachgetragen hätten, die anscheinend jüngerer Bauart waren. Er sagte Morlay auch noch einmal eindringlich, daß Sternkonstellationen - im Falle der großen ägyptischen Pyramide der Orion - eine Rolle spielen würden.

Als Harry das letzte Pergament beiseite legte, begann sein alter Lehrer die ersten Fragen zu stellen.

Hatte er bis jetzt den aufmerksamen Zuhörer gespielt, sprudelten nun die Worte nur so aus ihm heraus. So schnell, daß es Harry nicht immer möglich war, ihnen zu folgen. Sie philosophierten über allerlei wahrscheinliche und unwahrscheinliche Dinge. Als die Frage auf die Venezianer kam, mußte Harry dem Templer sagen, daß diese zur Zeit sich wenig für seine Pläne erwärmen würden. Francesco befände sich in Venedig wegen eines Handelskonfliktes mit Genua und Rico müsse zur Zeit die Geschäfte des Kontors in Lissabon allein leiten. Lediglich für den alten Niall hätte ihm der jüngere Beranellibruder etwas mitgegeben - die Baupläne der schnellen Segler des Südens, der Karavellen. Die Venezianer selbst wollten versuchen, so bald als möglich nach Schottland zu kommen. Vielleicht schon im nächsten Frühjahr.

Der Templer fuhr mit zufriedener Miene durch seinen Bart. Der junge Sinclair hatte wirklich viel erreicht. Doch Morlay wußte noch längst nicht alles. Harry sah zu seinem Lehrer hinüber und schluckte tief. Schließlich mußte er es ihm jetzt sagen, auch wenn damit die Falten auf seine Stirn zurückkehren würden. Die ganze Zeit über brannte es dem jungen Ritter schon auf den Nägeln.

„Da wäre noch eine Sache", sagte er gedehnt. „Eine höchst unangenehme." David schaute etwas verwundert. „Hattest du ernstliche Probleme in Spanien? Erzähl! Los, was ist geschehen? Räuber, Wegelagerer, Kriegsvolk!"

„Schlimmer, als du dir vorstellen kannst. Ja, es gab einen heimtückischen Mordanschlag auf mich. Erst dachte ich auch, es wären Wegelagerer. Es war recht unvorsichtig von mir, auf dem Rückweg von Andalusien nach Santiago de Compostela allein reiten zu wollen. Groß sind die Gefahren in fremden Landen und die Fehden der Adligen überziehen Kastilien. Die Männer, die mich überfielen, warteten ab, bis ich mich von Rico und der Kaufmannskarawane bei Cordoba trennte. Tage später wollten sie mich an den Ufern des Guadiana ins Jenseits befördern. Es stand sieben zu eins. Ich weiß nicht, wie der Kampf ausgegangen wäre, wenn nicht die Ritter des Calatravaordens mir zu Hilfe gekommen wären."

David sprang entsetzt von der Bank auf und ging nervös zum Fenster hinüber. Jegliche Ruhe war dahin. Harry sprach erregt weiter. „Ein einziger wurde gefangen. Ein Mann in Eisen, ein Ritter aus Schottland. Die Ordensritter zwangen mich, ihn zu töten. Kannst du dir die Verwirrung vorstellen, die in meinem Kopf vorging."

„Woher weißt du, daß er von hier kommt. Sagte er noch etwas zu dir oder hast du irgendeinen Verdacht? Kennst du ihn vielleicht sogar? Kenne ich ihn?" Harry merkte, daß er die ganze Zeit die Gedanken an jenes unheilvolle Zusammentreffen mit dem fahlen Ritter nur verdrängt hatte. Nun kam es alles wieder ans Tageslicht und drohte ihn zu erschlagen. „Er sprach von gedungenen Schurken. Er selber war wohl als einziger aus dem Norden. Über mögliche Mitwisser ließ er nichts verlauten. Es ging alles so schnell, dann war er tot."

„Mein gottverdammter Leichtsinn!" Morlay schlug sich an die Stirn. „Und ich habe die zu dieser Reise aufgestachelt." „Bedenke, daß man dich schnell hätte als Ketzer aufgreifen können", hielt ihm Harry entgegen.

„Ich weiß", entgegnete der Templer. Er war kreidebleich geworden, denn er wußte nur zu gut, was dies alles bedeutete. Schneller, als er erwartet hatte, schlugen die unsichtbaren Feinde zu. „Es mußte irgendwann einmal soweit kommen. Zu groß sind die Verlockungen, jetzt schon bare Münze aus diesem Stück Papyrus hier zu schlagen. Wir haben also einen Verräter. Vielleicht sogar mehrere. Doch wo nur ist die undichte Stelle."

Der alte Morlay ging wieder zum Tisch, stütze sich auf und beugte sich zu Harry hinab. Er flüsterte leise. „Berichte mir genau, was dort geschehen ist. Vor allem erinnere dich an die letzten Worte deines großen Gegenspielers. Denke an jede Einzelheit." So erzählte der junge Ritter noch einmal ausführlich die Geschichte von Randolf MacWquire und was ihm an jenem Tag widerfahren war.

Als er geendet hatte, ließ David eine kleine Pause, so als ob er angestrengt überlegen würde. „MacWquire, der Name sagt mir irgendwas. Es gab mal einen MacWquire, aber das ist schon sehr lange her. Mein Großvater war mit einem Mann diesen Namens durch den Orden bekannt. Aber vielleicht sind das alles nur Zufälle. Jedenfalls war es nur eine Frage der Zeit, daß uns irgend jemand auf die Schliche kommt. Es ist doch klar, Harry, solange die Karte in alten Archiven verstaubt, wird niemals einer von ihrem Geheimnis erfahren. Wenn man so ein Unternehmen wie unseres plant, muß man sehr vorsichtig zu Werke gehen. Denn dann ist alles anders und die Schar unserer Feinde, die auf der Lauer liegen, ist groß."

„Ich will dich nicht kränken, aber ich glaube, daß weder Will, John noch irgendein anderer aus Rosslyn damit zu tun hat." „Du meinst also, daß der Verräter aus dem Kreise des Tempels stammen muß?! Mag sein, du hast Recht. Wahrscheinlich kam er nicht aus Rosslyn."

„Aber wer könnte dahinter stecken?" fragte Harry. „Ja, wer? Das ist eine von vielen Fragen. Wichtiger wäre noch, was weiß er oder wissen unsere Gegner bereits? Ich würde sagen: sehr viel, wenn sie bereit sind, einen Mord zu begehen und uns bis nach Spanien zu verfolgen. Und das bedeutet doch, daß sie wußten, daß du im Besitz der Karte warst. Wir müssen ab jetzt sehr vorsichtig sein." Doch David Morlay ahnte schon, daß er ohne wirkliche Anhaltspunkte kaum etwas gegen diesen unsichtbaren Feind unternehmen könnte.

Letztlich fiel aber Harry der Ring ein, den er in seiner Tasche trug. Wie konnte er ihn nur vergessen. Die Wölfe sind auf eurer Fährte, sagte Randolf zuletzt und der Ring würde den Weg zu den Wölfen weisen.

Der junge Ritter kramte das matte Stück Silber hervor. Blank ragte die Prägung des Wappens heraus. „Ich glaube, wir haben doch eine Spur, die uns zu unseren Feinden führt." Harry hielt den Ring dem alten Templer hin. „Kennst du dieses Siegel?" „Zeig einmal her." Morlay hielt die Gravur in den Schein der Wachskerze. „Das Symbol gehört zu einem schottischen Clan", sagte er, nachdem er lange den Ring betrachtet hatte. Harry flüsterte ihm zu. „Randolf war Schotte - aber vielleicht handelte er nur im Auftrag? Ein Werkzeug, das vor seiner letzten Fahrt von Reue gepackt wird. Die Spur zu dem Mann im Hintergrund läuft allein über dieses Wappen."

„Es kann keinem der Clans gehören, mit dem die Johanniter zusammenarbeiten. Jedenfalls südlich des Firth of Forth. Große Familien wie die Stuarts kommen ebenso wenig in Frage. Wir müssen weiter nördlich suchen." „Ihr habt doch auch im Norden einige Komtureien. Überlege genau, wer von unseren Bestrebungen für eine Seereise wußte. Wir waren nicht viele, damals am Paß des grauen Wolfes." Harry hatte Recht. Nur sehr wenige wußten um das wahre Ziel seiner Fahrt nach Spanien.

Davids Gesichts verfärbte sich dunkel, so als ob er jetzt wüßte, wer der Verräter wäre. „Ich glaube es einfach nicht. Sollte er..."

„Wer ist es?" Harry bohrte nach. „Goewerth. Es ist Goewerth." Morlay wußte nun, daß er seinen Neffen falsch eingeschätzt hatte. Aber für eine Umkehrung der Ereignisse war es jetzt bereits zu spät. Harry schien ganz verdutzt über diese Wendung. „Du meinst Bryan Goewerth, den Komtur nördlich von Aberdeen. Mein Gott, der war von Anfang an mit dabei."

„Er ist mein Neffe, Harry. Die Karte zeigte ich ihm nie, aber schließlich wußte er, daß ich sie habe. Und er wußte auch, daß du nach Andalusien wegen jenes Papyrus aufgebrochen bist. Leider habe ich keine Möglichkeit, ihn öffentlich zu überführen. Wir können ihm also nur eine Falle stellen. Wenn er sich offenbart, wird er ohnehin ein Ende im Zweikampf suchen."

Der Spieleinsatz war hoch. Ohne Zweifel galt nun auch Bryan Goewerth als verloren, aber es würde nun an ihnen liegen, diesmal mehr von dem Verräter zu erfahren, um auch an eventuelle Hintermänner zu gelangen. „Glaubst du, daß er die Person im Hintergrund ist? Der Wolf, der auf der Lauer liegt?" fragte Harry. „Nie und nimmer. Sicher liegt er auf der Lauer, doch ist Goewerth nur eine Figur auf einem Schachbrett, wie MacWquire. Und er wird, wie dieser, ein bereits einkalkuliertes Bauernopfer sein. Vielleicht auch etwas mehr. Aber es gibt noch eine viel schlimmere Tatsache.

Er ist ein Angehöriger des Tempels und in unseren eigenen Reihen ist Verrat eine der schlimmsten Vergehen, die es gibt. Wir werden auf unsere Weise über ihn Gericht halten."

„Wie gedenkst du vorzugehen?"

„Wir sollten uns in zwei Monden an der großen Höhle im Tal der südlichen Esk treffen. Der Platz ist gut für beide Seiten zu erreichen. Komme du mit deinen Männern und bereite ein Lager für den Abend vor. Noch bevor die Sonne über dem tiefen Tal verschwindet, werde ich mit fünf Rittern kommen. Die Herren Dunbar, Ruthven und Maxwell wirst du noch nicht kennen, aber auch Charles, den ich übrigens für sehr integer halte und der Komtur werden dabei sein.

Goewerth wird bald wissen, daß wohl einiges in Spanien schiefgelaufen ist. Spätestens wenn er in Erfahrung bringt, daß du wieder munter und gesund zurückgekehrt bist. Ich verspreche dir, wir lassen ihn in eine Falle laufen." Morlay blies mit einem Zug die Kerze aus.

„David." „Ja?" „Ich wollte dir nur noch sagen, daß ich für meine Leute die Hand ins Feuer lege." Der alte Templer lächelte. „Harry, Denkst du nicht, daß ich das weiß."

*

Für einen Oktobertag war es noch ungewöhnlich warm und schon über eine Woche hatte es südlich des Firth of Forth nicht mehr geregnet. Harry und seine Männer hatten dem Tag mit großer Erwartung entgegengesehen, obwohl der junge Sinclair um den faden Beigeschmack wußte, der damit verbunden sein würde.

Die Herbstsonne schien auf den Höhleneingang. Weitausladende, nach oben schräg aus dem Berg herausragende Felsen schufen hier einen idealen Platz, um eine größere Anzahl Leute unterzubringen. Insofern war dieser Platz geeigneter als die Wiese oben am Paß des grauen Wolfes. Nicht weit von hier plätscherte das kalte Wasser der südlichen Esk über die Kiesel hinweg. Geoffrey, John und Hadlaf, Duncans jüngerer Bruder, unterhielten ein riesiges Feuer am Eingang der Höhle, um ein Glutbett vorzubereiten, denn Harry befand sich mit den anderen noch auf der Jagd. Die Templer würden erst gegen Abend erscheinen.

„Sie müßten längst hier sein" sagte John zu Geoffrey. „Wenn sie zu spät kommen, wird das Wildbret nicht mehr gar." „Also ich werde von dem bißchen Schaffleisch satt, das wir gleich grillen können", entgegnete Geoffrey

„Was habt ihr nur. Gehen wir zum Fluß, unten am Wasserfall erwischen wir vielleicht ein paar Lachse", bemerkte Hadlaf lauthals. „Ich werde hierbleiben", erwiderte ihm John. „Wenn du nichts dagegen hast, gehe ich mit Hadlaf zum Wasserfall", piepste Geoffrey zu dem bärenstarken John Leeword. Der brummte nur so etwas wie „Ist gut, aber bleibt nicht zu lange weg", und fuhr fort, dicke Äste zu spalten. Die beiden anderen hätten sich ihre Mühe wohl sparen können, denn nachdem sie verschwunden waren, dauerte es nur eine kleine Weile und die Hörner von Harry und Will ertönten durch das steile Tal der südlichen Esk.

Bald hatten sich alle Gefährten des jungen Sinclair an dem großen Eingang zur Höhle versammelt und auch Geoffrey und Hadlaf waren wieder von ihrem Fischzug zurückgekehrt. Zwei neue Gesichter gesellten sich mit Dick Morgan und Gilbert Burns zu ihrer Runde, Bauernsöhne aus der Gegend um Rosslyn, die zusammen einen großen Hirsch herbeitrugen. Tüchtige Kerle, die auch schon mit der Golden Ross gesegelt waren.

Der große John verteilte sofort die Arbeiten. Bald war der Hirsch zerlegt, gesalzen, gewürzt und die ersten Teile wurden neben dem Schaf an den Rand des Feuers gehangen. Da es schon eine ganze Weile brannte und es die Zurückgebliebenen immer gut fütterten, hatte sich schon ein ordentliches Glutbett gebildet, das die nötige Hitze ausstrahlte. Die abgezogene Haut des Hirsches legten sie ans Ufer des Flusses, um sich die Fliegen fernzuhalten. Danach nahmen die meisten auf den Baumstämmen, die rund um das Feuer lagen, Platz. Das mitgebrachte Brot wurde herumgereicht und Geoffrey stach ein Bierfaß an. „Na, das wurde mal Zeit, MacLoyd." Unter lautem Gejohle wurden die Trinkhörner gereicht.

Endlich war jeder soweit versorgt, daß er friedlich sein Brot schmatzend und sein Bier schlürfend die wärmende Herbstsonne genoß, die direkt auf den Platz vor der Höhle schien. Mit einem Auge schielte man schon nach dem Fleische, das den Zustand seiner Farbe ständig zu ändern schien. Wenn es heute geregnet hätte, wären sie immer noch durch die Felsen geschützt gewesen. Aber so waren sie froh, den Ausklang des Sommers auf diese Weise erleben zu dürfen. Und während Schaf und Hirsch friedlich nebeneinander am Feuer vor sich hin brutzelten, verging die Zeit.

*

„Da kommt jemand durch die Furt", rief Gilbert aufgeregt. „Es werden die Templer sein", sagte William gelassen. Die Männer schauten gespannt in Richtung des Flusses. Die Sicht war jedoch durch große Erlenbüsche und andere Uferpflanzen verwehrt. Das Astwerk wurde zurückgeschlagen und zum Vorschein kam David Morlay, seinen stolzen Falben am Zügel haltend und hinter ihm die anderen Männer des Ordens.

Duncan und sein Bruder Hadlaf nahmen ihnen die Pferde ab und banden sie an großen Eschen fest, die nahe des Lagerplatzes standen. Insgesamt waren sechs Ordensritter über den Fluß gekommen. Genau wie es David vorausgesagt hatte. Sie trugen einfache Wollstoffe, darüber Kettenhemden, die wiederum von dem weißen schlichten Oberkleid des Ordens bedeckt wurden. Gegen die Kälte der Nacht lagen auf ihren Sätteln Felldecken und Mäntel.

Man begrüßte einander und wechselte die ersten Worte der Verständigung, obwohl jede Seite damit zu geizen schien. Neben dem alten Morlay waren Eustache von Dunbar, Robert Ruthven, der Ritter vom grünen Baum, Errol Maxwell, genannt „die Eisenhand", Charles Keith und natürlich Goewerth, der finstere Komtur aus dem Norden in den Kreis des Feuers getreten. An der Seite blinkten ihre Schwerter.

Einige von ihnen kannte Harry von Balantrodoch und Edinburgh her. Robert und Errol erwarben sich hervorragende Verdienste beim Aufbau eines Hospitals in Edinburgh. Er sah sie einmal, als er mit seinem Cousin auf Edinburgh Castle war. James erzählte ihm über die Templer. Die beiden machten einen sehr willensstarken und energischen Eindruck auf ihn. Besonders Errol Eisenhand. Allein Eustache hatte er noch nie gesehen. Er wirkte ein wenig scheu, seine Hände feingliedrig und gepflegt. Charles Keith war noch sehr jung und höchstwahrscheinlich von ähnlichen Idealen erfüllt wie er selber. Dem Blick des Komturs wich Henry Sinclair aus.

Obwohl sie nun dichtgedrängt auf den Baumstämmen saßen, kam es nur sehr schleppend zu einem Gespräch. Bis auf den alten Morlay verhielten sich die anderen äußerst zurückhaltend. Harry kämpfte damit, sich nicht im geringsten anmerken zu lassen, welch ungeheuren Haß er auf den anwesenden Bryan Goewerth hatte. Dadurch verkrampfte er etwas und sein sonst so natürliches Auftreten wirkte jetzt leicht gekünstelt.

Bei den anderen jungen Männern, die die Partei des Clan von Rosslyn vertraten, war dieses Verhalten fast immer normal gewesen. Das war nicht nur Harry bekannt. Bei seinen Gefolgsleuten, wie John und Duncan oder auch bei seinem Freund Will wurzelte immer noch eine gewisse Scheu vor den christlichen Rittern. Sie benötigten lange Anläufe, um jedesmal von neuem aufzutauen, wenn sie dem Tatzenkreuz gegenüberstanden.

„Hier riecht es ja schon sehr gut", sagte David, um das erste Eis zu brechen. „Man könnte denken, wir haben uns hier nur wegen des guten Essens getroffen. Aber nicht, daß ihr denkt, wir sind ohne Gastgeschenk gekommen." Er wies auf das Packpferd, neben dem ein kleines Holzfäßchen am Boden lag. „Ein ganzes Faß vom besten Wein aus der Zisterzienser Abtei von Melrose."

„Nicht aber, daß ich wieder so einen Brummschädel davon bekomme, daß ich denke, ich hätte neun statt einem Kopf, so wie es mir neulich nach dem Besuch der Schenke von Kirkton ergangen ist, Meister Morlay", piepste der kleine Geoffrey verschmitzt. Darauf mußten die Männer lachen. Das Eis war gebrochen. David legte dem jungen Freibauern den Arm auf die Schulter. „Ihr wollt doch nicht etwa meinen Wein verschmähen, MacLoyd. Wißt ihr nicht, daß der morgige Tag noch in so weiter Ferne liegt. Und wenn ihr die neun Köpfe wachsen hört, springt in den Fluß. Es wird euch sicher gut tun."

Gemütlich nahm nun auch der alte Templer als letzter in der Runde seinen Platz ein.

John und Duncan hatten die Baumstämme so angeordnet, daß jeder einen guten Abstand zum Feuer hatte. Denn nach dem Untergang der Sonne würde es im Tal durch den Fluß kühler und vor allem klammer werden. Schließlich war es schon Oktober. Zuerst unterhielten sich die Männer über die tagtäglichen Dinge, die Ernte, die Geschäfte. So lange und ausgiebig, bis es dunkel wurde. So nach und nach entzündeten sie Kienspanfackeln, die sie in die Erde steckten. Ihr Licht hellte den Platz ein wenig auf. Die Unterhaltung endete - wie sollte es auch anders sein - wieder bei der Schiffbautechnik, bis David einwarf, vor gut einer Woche einen Brief von den Venezianern erhalten zu haben.

„Rico und Francesco kommen den nächsten Frühling. Wir werden dann gemeinsam mit einer kleinen Flotte zunächst nach Island aufbrechen. Ich habe euch ja bereits erzählt, daß eine Schiffsreise über die offene See viel zu gefahrvoll ist. Wenn ich in Island einige Kapitäne finde, die mir die Existenz eines Landes am Ende der Welt bestätigen oder den Weg nach Grönland zeigen, segeln wir weiter Richtung Westen.“ „Bis dahin möchte ja eure Kogge flott sein, Sir Morlay“, spöttelte Geoffrey. „Wenn es nicht schneller geht, wird es wohl daran liegen, daß auf der Helling ein so guter Zimmermann, wie ihr es seid, MacLoyd, an allen Ecken und Enden fehlt“, konterte der andere.

Das große Stichwort des Abends schien die große Reise im nächsten Jahr zu sein. Aus keinem anderen Grund hatten die Männer sich hier zusammengefunden. Nach Westen über das Meer mit der Schnigge zu segeln... Zunächst zur Insel der strubbelbärtigen Dänen. Ja, und vielleicht weiter *bis zum Rand der Welt*. Natürlich - da waren sich die jungen Männer aus Rosslyn einig - würden sie auf Golden Ross die Reise antreten. Selbstverständlich mit Harry als Kapitän.

„Da habt ihr ja direkt Glück, daß Harry noch unter uns weilt“, meinte Morlay so ganz beiläufig. „Sein Schicksal hing während seiner Reise mehr als nur einmal an einem seidenen Faden.“

William MacLarren griff den eingeworfenen Satz auf. „Ach ja, der Kampf gegen die englischen Bastarde in der germanischen See. Aber was wollt ihr, er ist wieder hier.“ „Es hat wohl nichts mit den Seeräubern zu tun, wenn ich Morlay recht verstehe“, bemerkte Duncan leise. Der alte Templer nickte „Harry kämpfte auf seiner Reise nicht nur gegen Engländer.“ „Was wollt ihr damit sagen“, fuhr Will aufgebracht auf, wohl auch weil ihn ärgerte, daß Harry ihm etwas verschwiegen hatte.

„Unser junger Freund geriet in Kastilien in einen Hinterhalt. Es waren insgesamt sieben Männer, die ihn angriffen. Nur durch einen glücklichen Zufall überlebte er diesen Überfall. Wie eine göttliche Fügung eilten ihm die Ritter des Calatravaordens zur Seite, denen es unter anderen auch obliegt, die Pilger nach Santiago de Compostela gegen Raub- und Mordgesindel zu schützen.“ „Harry, warum erzählt uns Morlay diese Geschichte. Stimmt das etwa?“

Harry hatte bis jetzt wohlweislich geschwiegen, doch nun, da er die verstörten Gesichter der Freunde sah, erzählte er die Geschichte. Allerdings erwähnte er den Ring und auch den Namen des blonden Ritters nicht. Natürlich fragte ihn Will nach den Gründen, weshalb er bis jetzt nicht darüber gesprochen hatte.

„Versteht du denn nicht, was das bedeutet", entgegnete ihm Harry erregt und David Morlay ergänzte: „Es bedeutet, daß jemand genau wußte, auf welch wichtiger Mission Sir Henry Sinclair wirklich in Spanien unterwegs war." Tiefe Stille herrschte nach diesen letzten Worten. Harry vermied es, die anderen anzusehen. Goewerth hatte sich erstaunlich gut in der Gewalt, ahnte er ja noch nicht, wie sich die Schlinge um seinen Hals zusammenzog.

Errol Eisenhand begann als erster zu sprechen. „Ihr seht, es ist ein Verräter in unseren Reihen. Vielleicht ist er heute nicht hier, aber es ist unwahrscheinlich. Wir drei" und er wies auf Eustache von Dunbar und Robert Ruthven „wurden erst diesen Sommer in die Pläne von Bruder David eingeweiht. Dann sehe ich mir gegenüber wackere Freibauernburschen. Sollten sie tatsächlich ihren Clanherren nach dem Leben trachten wollen? Undenkbar, wenn ich mir die Jungens so anschaue. Außerdem würden sie so etwas nicht in Spanien bewerkstelligen. Ich glaube eher, Morlay, daß ihr selbst, Charles Keith und Bryan Goewerth euch erklären müßt. Doch solange wir keine Beweise haben, wird es wohl bei Mutmaßungen bleiben und ich möchte jedem in diesem Kreise warnen, irgendwelche Verdächtigungen, gegen wen auch immer, auszusprechen."

„Ich habe euch von Anfang an mißtraut!" unterbrach Will aufbrausend. Bitter klangen seine Worte und er bezog sie auf die Männer des Ordens schlechthin. Doch Harry bremste ihn. „Fragt, wem dieser Ring gehört!" Und er warf ihn Errol Eisenhand vor die Füße. Der hob ihn auf und betrachtete ihn im Schein des Feuers. Er schien sich bei dem Wappen nicht sicher zu sein und reichte ihn an den alten Morlay weiter.

„Sag, Neffe, kennst du dieses Siegel?" Der Komtur nahm mit schweißnasser Hand den Ring, seinen eigenen Ring entgegen. Niemals hätte er eine solch dramatische Wendung erwartet. Er hatte ihn MacWquire gegeben, weil er wußte, daß jener Ring dem Ungeheuer aus Argyll bei den portugiesischen Christusrittern die Türen öffnen würde. Wenn er nur wüßte, ob MacWquire ihn vor seinem Tod noch einmal erwähnt hatte.

„Nein, er ist auch mir unbekannt", antwortete er mit brüchiger Stimme dem anderen. Dabei wagte er nicht aufzusehen. Er spürte förmlich, wie die Blicke aller auf ihm zu kleben schienen. Wie sie ihn anstarrten. Man hörte nur, wie das Feuer knackte.

„Ihr braucht keine Sorgen zu haben, Goewerth. MacWquire hat euch nicht noch einmal erwähnt, bevor er zur Hölle fuhr", sagte Harry. Jäh wich das Blut aus den Adern des Verräters. „So einfach bekommt ihr mich nicht." Bryan Goewerth sprang auf und stellte sich mit dem Rücken gegen die Felswand.

Sofort erhoben sich Will, John und zwei weitere Gefährten. Der alte Morlay saß dagegen immer noch völlig ruhig an seinem Platz am Feuer, so als ob er im Inneren seines Herzens längst mit dem Verräter abgerechnet hatte. „Du bist mein Neffe, Goewerth. Hast du jemals daran gezweifelt, ich würde dein Siegel nicht erkennen. Seit wann arbeitest du schon gegen uns. Und vor allem warum, Bryan. Sag es uns. Warum zögerst du?"

Bryan brauchte einen Augenblick, um sich zu fassen. Das große Breitschwert hob er drohend gegen seine Angreifer. „Weil ihr kein Recht habt, Oheim, die Geheimnisse der Karte für euch zu behalten. Deswegen habe ich Verbindung zum Christusorden in Portugal aufgenommen. Er ist der legitime Nachfolger des Tempels."

David schüttelte nur den Kopf. „Ich glaube eher, daß MacWquire dich erpreßt hat. Mittlerweile weiß ich, daß mehr als hundert Jahre zwischen mir und dem Toten in Kastilien liegen. Randolf MacWquire ging es nämlich vor allem um eine persönliche Abrechnung. Sicher, er zog dich mit hinein, doch du hättet niemals so weit gehen dürfen. Warum bist du nie zu mir gekommen. Nun schiebst du den Christusorden der Portugiesen vor. Dabei hast du den Aufenthalt Harrys in Spanien für deine Ziele ausgenutzt, um ihn heimtückisch ermorden zu lassen und die Karte an dich zu bringen."

„Das ist nicht wahr! Als ich Streitigkeiten mit den hiesigen Clans des Landes hatte, rührte in Balantrodoch keiner einen Finger für mich. Ihr hattet ja nur einen Blick für eure Wissenschaften. MacWquire half mir als einziger." „Dir muß doch wohl klar gewesen sein, um welchen Preis." „Er ließ mir keine Wahl." „Was wolltest du mit der Karte, sprich!" „Wie ich es sage, mein Interesse lag niemals an der Karte. Sie ist für Männer des Christusordens bestimmt."

Ich glaube dir zwar nicht, aber wieviel zahlen dir die Brüder aus Lissabon für deinen Judasdienst."

„Was gedenkt ihr mit mir zu tun?" „Ich will wissen, wer in Schottland noch hinter dir steht?" Bryan Goewerth überlegte. Vielleicht war MacWquire nur ein Diener des Duke of Campbell. Er wußte es nicht. Der Clanherr vom See Awe würde gewiß alles abstreiten. Irgendwie war er in die Sackgasse geraten.

„Wähle selbst, was wir tun sollen. Was mich betrifft, so finde ich es ehrlos, mein Schwert mit dem Blut eines Verräters zu beschmutzen. Aber wisse, daß du in Schottland keine Ruhe mehr haben wirst. Dein Gewissen, wenn du so etwas noch besitzt, wird dich nach diesem Verrat in den Wahnsinn treiben." Wie ein weidwundes Tier schätzte Goewerth seine Gegner ab. Der Weg in die Nacht hinaus zum Fluß war versperrt. Auch wenn sein Oheim ihn augenscheinlich laufenlassen wollte, würde ihn ohne Zweifel einer von Sinclairs Männern töten. In deren Augen lauerte unbändiger Haß, während ihm Sir Henry selbst und die Templer nur noch Verachtung entgegen brachten. Er hatte somit nur noch eine Wahl. Eine Flucht in die tiefen Gänge der Höhle. Der Komtur stolperte langsam rückwärts, ergriff mit der Linken eine Kienspanfackel, wobei er niemals die leuchtenden blanken Waffen von Will und John aus den Augen ließ. Die musterten ihn nur geringschätzig, machten aber kaum Anstalten, ihm zu folgen.

Als Goewerth den Eingang des Ganges erreicht hatte, drehte er sich auf dem Absatz herum und rannte, so schnell ihn seine Füße trugen, in das Innere der Höhle.

„Es hat keinen Zweck, ihn zu verfolgen. Vorerst nicht." David gebot den immer noch wie gebannt dastehenden Männern, die Waffen wieder wegzustecken und am Feuer Platz zu nehmen. „Warum sollten wir ihn laufenlassen? Für diesen Verrat müßten wir ihn aufspießen", schrien die jungen Männer durcheinander.

„Er wird diese Höhle nicht mehr verlassen", entgegnete Morlay. „Das verzweigte System von Gängen ist größer, als ihr euch vorstellen könnt. Selbst als Bruce sich hier versteckte, hütete er sich peinlich davor, tiefer als bis zu der großen unterirdischen Grotte, wo er lebte, einzudringen." Man schien sich wieder zu beruhigen, denn die meisten der Männer wußten um die Geschichten, die man sich von dem großen König erzählte. Einige, unter anderem auch Harry, waren schon einmal durch kundige Führer bis in die Grotte, die man auch den großen Saal nannte, gelangt; allerdings lag das schon eine Weile zurück.

„Aber Sir Morlay, wir müssen sichergehen, daß er uns nie wieder zu einer Gefahr wird", mahnte Geoffrey den alten Templer ernstlich an. „Obwohl Goewerth fremd in dieser Gegend ist, wissen wir nicht, ob er die geheimen Wege der Höhle kennt. Und vielleicht hat sie doch noch einen anderen Ausgang."

„Entscheide du, Harry. Ich glaube es liegt in deiner Hand, über das Schicksal von Bryan Goewerth zu bestimmen, auch wenn er mein Neffe ist." Alle schauten wie gebannt auf Harry, der sich schon den ganzen Abend zurückhielt und schweigsam war. Nun aber warteten Will, John und die übrigen auf sein Wort. Wie so oft hing die Entscheidung an ihm, einem werdenden Clanhäuptling. So fing er zu sprechen an:

„Wir werden in die Höhle gehen, um den Verräter auf seine letzte Reise zu schicken. Aber laßt uns zuvor eine gewisse Zeit warten. Wenn der Vollmond hinter die oberen Zweige jener Esche dort unten am Fluß tritt, werden einige von uns in die Tiefen des Berges aufbrechen, um den Verräter zu suchen. Denn bald wird die Fackel Goewerths verlöschen und tiefe Finsternis wird seinen Geist zermürben." Harry blickte in die Runde. Es gab keinen Widerspruch.

„Will, John, Dick und Gilbert. Ihr kommt mit mir. David soll uns führen." Die Männer nickten schweigend. Ihre Gespräche waren von diesen Augenblick an düster und voller Zweifel darüber, wem man noch trauen konnte und wem nicht. Oft fiel eine Weile lang gar kein Laut, nur das Knacken des Feuers war zu vernehmen. Ohne große Begeisterung wurde die ersten durchgebratenen Fleischstücken heruntergehobelt und verteilt. Doch so richtig mochte niemand das Essen schmecken und das Bier munden. Keiner lobte das Mahl oder brachte einen Trinkspruch aus. Statt dessen lenkte man seine Blicke hin und wieder hinauf zum Mond.

Im Labyrinth der Moorfußberge

Endlich war es soweit und sechs Männer machten sich auf den Weg in die Höhle. Sie entzündeten neue Kienspanfackeln im Feuer und nahmen ihre Waffen fest in die rechte Hand. So ausgerüstet, verschwanden die Männer aus dem Sichtkreis der Zurückbleibenden im Innern der Höhle. Düster flackerte das Licht an den Wänden, das von ihren Fackeln ausgestrahlt wurde. Sie waren keine hundert Schritt gegangen und schon begann sich der Gang zu verzweigen. Nun war guter Rat teuer. Alle sahen fragend auf David.

„Damit wir den Weg wieder zurückfinden, ist es absolut notwendig, daß wir an jeder Abbiegung Spuren hinterlassen." „Wie stellt ihr euch das vor?" fragte ihn Will. „Wollt ihr einen Rußfleck hinterlassen?" „Ihr habt es erfaßt, William MacLarren. Wozu haben wir unsere Fackeln."

David Morlay wollte gerade auf die Wand zugehen, um mit der Fackel eine Markierung zu setzten, da fiel ihm der junge Dick in den Arm. „Seht doch!"

Der Templer hielt die Fackel von der Wand zurück. „Beinahe hätte ich es zerstört. Wie konnte ich es nur vergessen." Er hielt den Finger vor den Mund als Zeichen dafür leise zu sein. Die Männer traten dicht hinter ihn. David Morlay wechselte in einen Flüsterton, wobei er auf ein gekritzeltes Zeichen an der Wand zeigte. „Vergeßt die Rußflecke, Männer. Solange unsere Fackeln brennen, wird uns aber dieses Zeichen führen. Es ist das Siegel von Bruce, das ihn den Weg in sein Versteck gewiesen hat. Wir müssen ihm folgen. Also geht es hier entlang." Er wies nach links. „Ich nehme an, daß auch mein Neffe diesen Weg genommen hat, da er ebenfalls das Siegel kennt."

Sie wandten sich also nach links. Kurz nach der Abbiegung wurde der Pfad schmaler und bald sahen sie sich gezwungen, einzeln hintereinander zu gehen. John, der gewaltige Hüne, schritt voran und erleuchtete den Pfad. Rechts und Links ragten bizarre Felsbrocken aus der Wand hervor, die den Weg immer wieder versperrten und so eine Schlangenform aufzwangen. Nach zwei weiteren Abbiegungen begann dann zusätzlich noch der Untergrund abschüssig zu verlaufen.

Plötzlich hielt John an. „Hast du nicht auch dieses Geräusch gehört", sagte er zu Harry, der ihm direkt auf den Fersen folgte. Die Männer hielten inne.

Irgendwo dort vorne hatte es sich tatsächlich so angehört, als wäre ein harter Gegenstand zu Boden gefallen. „Das war Goewerth. Seid vorsichtig", warnte David. „Der große Saal muß bald kommen."

Und richtig. Der Gang wurde langsam breiter, so daß sie bald wieder zu zweit nebeneinander gehen konnten. Es konnte also nicht mehr weit sein. „Da vorne ist der Saal. Weiter bin ich auch noch nicht gekommen", raunte Morlay.

„Glaubst du wirklich, daß Goewerth hier ist", fragte Harry den alten Templer leise. Der nickte. „Wenn er es bis hierher geschafft hat, wird er ohne Zweifel auf uns warten. Schließlich hat er kaum eine andere Wahl. Vielleicht wird er dann versuchen, uns zu verfolgen. Einen Angriff wird er jedenfalls nicht wagen", sagte David mit einem tiefen Klang in der Stimme. Der alte Morlay wußte, daß die Chancen für seinen Neffen äußerst gering waren, sollte er denn je den Berg verlassen

Vorsichtig schritten die Männer weiter. Die Decke begann sich zu weiten und man konnte ahnen, daß ein großer Raum vor ihnen lag. Noch drang aus dieser Richtung eine tiefe undurchdringliche Finsternis.

„Gebt acht, Männer, hier sind Stufen", warnte Will die anderen. „Schaut doch dort", rief John, nach vorne blickend. Tatsächlich. Wie gewaltig. Ein beeindruckendes Bild begann aus dem Dunkeln hervorzutreten, die ewige Nacht abstreifend. Es war nichts anderes als der große Saal, der sich vor ihnen ausbreitete und den nun ihre Fackeln schwach erhellten. Deutlich konnte man dieser unterirdischen Grotte noch anmerken, daß sie dereinst Menschen Versteck geboten hatte. In ihrer Mitte stand ein riesiger Tisch. In harter Arbeit mußte er wohl direkt aus dem harten Felsgestein gemeißelt worden sein. An den Wänden waren noch die stark gerosteten Fackelhalter sichtbar. Reste von Holz deuteten auf primitive, längst verfaulte Möbelstücke hin.

Harry und Will waren vor vielen Jahren, wohl noch als Kinder, einmal hier gewesen. Es war der Lauf der Zeit, der ihre Erinnerungen verblassen ließ. Doch stiegen sie nun aus den längst vergangenen Tagen empor. David kannte die Höhle bis dahin recht gut, besser als jeder andere hier, doch weiter hatte auch er sich noch nicht gewagt. Trotzdem faszinierte ihn die gewaltige Größe der Grotte immer wieder aufs neue.

Über dem Tische erhob sich ihre Kuppel fast zwei Dutzend Manneslängen über dem Boden. Lange Tropfsteine hingen entweder von oben herab oder wuchsen aus dem Boden. Von den Gängen, die auf der anderen Seite im Berg verschwanden, drang eine feuchte kalte Luft in die Grotte herüber. Irgendwo mußte noch ein kleiner Gang abgehen, den nur der König kannte. Er sollte eine Verbindung zu jenem halbverfallenen Brunnen haben, der, wie wir wissen, weiter südlich auf einer kleinen Bruchwiese nahe des Weges nach Balantrodoch steht.

„Kommt einmal hierher", sagte David, der nahe dem Tische stand. Die jungen Männer versammelten sich um den alten Ritter und er wies mit der Hand auf den Tisch. „Seht! „Er zeigte auf den Tisch. Auf der großen Felsplatte war ganz deutlich ein allen wohlbekanntes Zeichen eingeritzt.

„Es ist das Wappen von Robert the Bruce", bemerkte Gilbert als erster. „Du hast Recht", bestätigte ihm David Morlay. „Dies ist das Siegel unseres Königs. Hier muß..." er brach abrupt ab, denn plötzlich hörten sie ein lautes Geräusch durch die Gänge hallen.

„Das kam aus der Richtung, aus der wir gekommen sind", raunte Will den anderen zu. Sie schauten hinüber in die Finsternis, die die letzten Stufen, die in den Gang hinausführten, verschluckte. „Wahrscheinlich hat Goewerth den großen Saal von Bruce nicht gefunden", bemerkte Harry. „Das Licht, das ihn führte, muß vorher verlöscht sein", ergänzte ihn David Morlay.

Sie alle konnten sich recht gut vorstellen, daß der Verräter sich im Labyrinth der Höhle verirrt hatte. In diesem Fall wäre er wohl endgültig verloren und würde das Tageslicht nie mehr wieder sehen. Nach einer kurzen Beratung der Männer untereinander kam man überein, die Höhle wieder zu verlassen. Ohnehin neigte sich die Kraft der Kienspanfackeln dem Ende entgegen, was bedeutete, daß ihnen auch keine andere Wahl als die der Umkehr blieb.

„Somit überlassen wir Goewerth seinem Schicksal", sagte Harry abschließend und so brachen sie auf, um den Weg zum Eingang wieder zurückzulaufen. Diesmal schritt Will voran. Danach kamen John und Dick. In der Mitte lief der alte Morlay, gefolgt von Gilbert. Der junge Sinclair ging als letzter in dieser Kette. Nach drei Biegungen, sie waren gerade an einer der schmalsten Stellen angelangt, erhielt Harry auf einmal einen fürchterlichen Schlag auf den Kopf, so daß die Umrisse der anderen vor seinen Augen verschwanden und er in ein tiefes Dunkel hinabglitt.

*

Die Finsternis der Hölle schien ihn zu umgeben und er spürte einen stechenden Schmerz im Kopf. Als er die Augen aufschlug, änderte sich gar nichts an diesem Zustand. Es blieb tiefschwarz um ihn herum. In seinem Kopf dröhnte es weiterhin dumpf und schwer. So lag er, die Augen abwechselnd schließend und öffnend noch eine geraume Weile. Während dieser Zeit bemerkte er, zuerst im Unterbewußtsein, dann immer deutlicher, neben dem gleichmäßigen Brummen in seinem Schädel noch ein Geräusch, das ganz aus seiner unmittelbaren Nähe herzurühren schien. Es klang fast wie so ein leiser, gepreßter Atem. So wie der schwere Atem eines Mannes. Wo bin ich nur, schoß es ihm durch den Kopf?

Mit einem Mal waren alle seine Sinne hellwach. Goewerth. Dieses hinterhältige Schwein. Wenn nur nicht dieses fürchterliche Brummen im Kopf wäre, hätte er ihn sofort erwürgt. Doch der Feind ward durch das Dunkel geschützt und er somit in seiner Hand. Also blieb Harry noch eine ganze Weile reglos liegen, um die Gedanken, die ihm in den Sinn schossen, zu ordnen. Zu seinem Mißfallen verspürte er immer stärker die unangenehme Kälte des Felsens, an dem er lehnte. Er bewegte sich leicht.

„Sinclair, seid ihr endlich wach." Natürlich war es die Stimme des Verräters Goewerth. Wer sollte es sonst sein. Harry fühlte, wie der kalte Stahl eines Schwertes sich ihm auf die Brust senkte. „Hört ihr, Sinclair. Ihr habt mir diese Geschichte eingebrockt. Dafür werdet ihr mich aus dieser Höhle führen. Habt ihr verstanden." „Ich fürchte nur, ihr werdet nicht weit kommen. In Schottland ist euer Leben nicht einen Pfifferling mehr wert." „Mag sein. Mit euch als Geisel gelange ich wenigstens bis zur englischen Grenze. Der Earl von Northumberland wird sich sehr über die Gesellschaft eines schottischen Edelmannes freuen. Ihr werdet Bekanntschaft mit dem Strick machen, Sinclair." „Ihr seid ein kranker Mann, Goewerth. Eine böse Brut, die tausendmal schwärzer ist als diese Finsternis, hat euren Geist schon vor langer Zeit verdorben. Ihr werdet genauso enden, wie euer gedungener Mordgeselle MacWquire."

Der Komtur verfluchte diesen Namen, der ihm soviel Unheil gebracht hatte. Nun war für ihn alles verloren. Dabei bemerkte der Templer aus Aberdeen nicht einmal, wie ihn Randolf und auch der Duke of Campbell bis jetzt nur ausgenutzt hatten. Doch er war zu feige, sich das einzugestehen. Goewerth konnte es aber auch nicht vertragen, wenn er diesen Edelmann die Wahrheit sprechen hörte. Jawohl er, Bryan Goewerth, Komtur von Blackburn nahe Aberdeen und Neffe von David Morlay, hatte den Tempel verraten für schnödes Geld, das Randolf ihm anbot. In der Tat folgte Goewerth schon seit sehr langer Zeit nicht mehr den christlichen Pfaden des Tempels. Aber waren die, die es taten, nicht die wenigsten? Er war dem Glanz der Macht und des Geldes verfallen. Doch gab es für ihn noch ein Zurück, jetzt, wo er den jungen Clanhäuptling aus Rosslyn in seiner Hand wußte?

„Ihr habt keine Wahl, Sinclair", flüsterte Goewerth. Damit entschied er sich für den falschen Weg.

*

Die Gefährten hatten inzwischen längst Harrys Verschwinden bemerkt. „Wie konnte das nur passieren", tobte Will. „Gilbert, du hättest doch etwas merken müssen." Der stotterte nur mit hochrotem Kopf und brachte keine vernünftige Silbe heraus. „Es ist, wie es ist. Schuldzuweisungen helfen uns jetzt wenig, William MacLarren. Wir müssen jetzt überlegen, was zu tun ist", sagte David in einem beruhigenden Ton zu den anderen. Er hatte auch schon eine Idee.

„Harry ist noch am Leben, das ist gewiß. Denn er ist der Trumpf in Goewerths Hand. Ich glaube, er kann nur an einer ganz engen Stelle überfallen worden sein, wo jeder von uns wohl zu sehr mit sich selbst beschäftigt war. Jedenfalls hat niemand irgendeinen Hilferuf Harrys vernommen." „Wahrscheinlich hat ihn der Komtur mit einem Stein sofort bewußtlos geschlagen", meinte John. Morlay machte einen Vorschlag. „Wir gehen wie folgt vor. Zuerst werden Gilbert und ich zu den anderen zurückkehren und neue Fackeln bringen. Ihr wartet hier so lange auf uns." Dabei nickte er John zu und fuhr fort. „Wir werden dann zusammen zu der engen Stelle zurückkehren, um die dort befindlichen Seitengänge abzusuchen. Und..." David wandte Will einen mahnenden Blick zu. „Keine Eigenmächtigkeiten MacLarren. Sonst könnte alles nur noch schlimmer werden."
Darauf verschwanden Gilbert und der alte Morlay im Dunkeln und ließen die anderen drei mit nur einer Kienspanfackel in dem felsigen Gang zurück.

*

Indessen war Harry aufgestanden und begann mühsam den Weg nach vorne zu ertasten. In seinem Rücken drückte die Spitze des Schwertes und er mußte auf der Hut sein. Obwohl er es für unwahrscheinlich hielt, daß der Komtur seine wertvolle Geisel töten würde. Also die Ruhe bewahren und Goewerth nicht unnötig reizen. Harry machte sich noch keine Gedanken über eine Flucht. Wohin sollte er auch im Dunkeln, ohne eine leuchtende Fackel? Ohne den Komtur würde er hier nie mehr herauskommen. Hoffentlich hatte sich dieser wenigstens den Weg bis zum Eingang zurück eingeprägt, denn Harry wußte nicht im mindesten wo sie waren. Mit einer Fackel hätte er sich nach dem Siegel des Bruce orientieren können. Aber so?! Ohne Licht! „Wie weit ist es noch bis zum Hauptweg, Goewerth", rief er laut. „Halts Maul, Sinclair. Ich gebe euch schon rechtzeitig Bescheid", raunte dieser böse zurück.

In dieser Finsternis kamen sie nur mühsam voran. Plötzlich stolperte Harry mit dem rechten Fuß über einen Stein und sauste nach vorn. Geistesgegenwärtig rollte er sich zur Seite ab. Das war sein Glück, denn er hörte den schneidigen Stahl ganz in der Nähe seines Ohres vorbeipfeifen. Dumpf traf die Klinge auf den Felsen auf. Goewerth war an ihm vorbeigeschossen. Harry lief so schnell er konnte in die Richtung aus der sie gekommen waren.

Laut schlug das Schwert des Verräters gegen die Wände. Der Komtur hatte die Nerven verloren. „Ihr solltet nicht einen solchen Lärm machen, sonst werden die anderen euch finden." Harry mußte, obwohl er sich in einer höchst ausweglosen Situation befand, auf einmal laut lachen. Jedoch machte das seinen Gegner nur noch rasender.

„Das ist mir mittlerweile egal, Sinclair. Mir ist mein ganzes Leben egal. Ihr seid es gewesen, der meine Hoffnungen zerstört hat. Dafür sollt ihr mit mir in die Hölle gehen." Seine Stimme überschlug sich vor tödlichem Haß. Zuletzt auch deswegen, weil er im tiefsten Innern wußte, daß nicht der junge Clanhäuptling, sondern er selber sich sein eigenes Grab geschaufelt hatte.

„Ich denke ja gar nicht daran, mit euch den Weg zur Hölle zu gehen. Außerdem ist das für mich die falsche Richtung." Harry hatte vor, den anderen wütend zu machen und somit die letzten Reserven aus dem Tempelritter herauszuholen. Goewerth kämpfte wie ein Berserker gegen den vermeintlichen Feind im Dunkeln. Doch der bewegte sich völlig nach dem Geräusch des Schwertes. Der eine hieb und stieß wie ein Irrer, während der andere den Schlägen im gebührenden Abstand nach hinten auswich. So gelangten sie immer tiefer in das Labyrinth. Und das sollte nicht gut sein.

Als Harry im Rücken einen scharfen Felsgrat spürte, wußte er, daß der Gang an dieser Stelle entweder aufhörte oder einen Bogen machte. Schon geraume Zeit spottete er nicht mehr über seinen Gegner, sondern verhielt sich mucksmäuschenstill, womit er den Komtur wohl noch mehr verunsicherte. Gott sei Dank besaß der Felsvorsprung auch eine Rückseite. Leise stellte er sich hinter dem Stein flach an die Wand und wartete ab.

Doch wie sonderbar. Die Schläge seines Feindes wurden seltener, was ihm nicht gerade gefiel. Auf einmal wurde es ganz still. Er konnte nicht wissen, daß Goewerth bereits umgedreht war und den Gang zurückrannte. Er lief geradewegs in die Fänge von David, Will und den anderen. Von dem Tod des Verräters Bryan Goewerth sollte Harry jedoch erst später erfahren. Lautlos hatte ihn ein Pfeil aus der Armbrust John Leewords getötet. Doch zu diesem Zeitpunkt steckte Harry in ganz anderen Schwierigkeiten. So konnte er auch nicht mehr hören, wie man in der Ferne seinen Namen rief. Und das kam so.

*

Groß war das Höhlenlabyrinth, das sich tief unter den Moorfußbergen in das Reich der Erde erstreckte. Wenig war über seine genaue Größe bekannt, auch jenen nicht, die es als Zuflucht benutzten.

Die meisten Menschen benutzten nur den großen Eingang, unmittelbar an den steilen Ufern der südlichen Esk, da er als Lagerplatz geradezu ideale Bedingungen bot. Es erschien ihnen unheimlich, in den Berg weiter einzudringen.

Vor langer Zeit wurde der Weg zu einer großen Grotte inmitten des Labyrinths entdeckt. Diese Grotte, auch der große Saal genannt, wurde bekanntlich das Versteck von Robert the Bruce während der Befreiungskriege. Die geheimen Quellen berichten, daß der König einen zweiten Zugang über einen Brunnen nutzte, der ebenfalls zu der Grotte führen soll. Sozusagen als Fluchtmöglichkeit. Neben diesen beiden Hauptpfaden existieren jedoch noch eine unzählige Menge von kleinen Stollen und Gängen, die ein dichtgewebtes Labyrinth unter der Erde verbergen. Doch tiefer haben sich die Menschen selten in den Berg gewagt, denn zu viele verirrten sich in diesen zahllosen Gängen und kehrten niemals zurück.

Als David, Harry und ihre Gefährten im großen Saal standen, konnten sie einen feuchten Luftstrom spüren, der aus den hinteren Gängen der Höhle kam. Sie machten sich dazu weiter keine Gedanken, aber die Ursache war denkbar einfach. Es mußte irgendwo im tiefen Berg Wasseradern geben, vielleicht sogar einen verborgenen Fluß. Jedoch war niemand von ihnen etwas darüber bekannt, auch nicht, wo dieser eventuell aus dem Felsen der Schlucht heraustreten könnte, um sich mit den Wassern der südlichen Esk zu vereinen.

Harry war nach seiner Flucht vor dem Komtur tiefer in das Labyrinth hineingeraten als ihm lieb war. Er stand immer noch an der Abbiegung hinter dem Felsvorsprung. Seit geraumer Zeit hatte er nichts mehr von seinem Feind gehört und es schien ihm, als sei jener in die andere Richtung verschwunden. Sicher, Goewerth könnte im Gang auf der Lauer liegen, doch dann müßte man wenigstens in dieser Stille sein schweres Schnaufen vernehmen. Schließlich brachte der ständige Gebrauch des Schwertes einen außer Atem. Langsam trat Harry in die Mitte des Weges, um sich vorsichtig auf den Rückweg zu machen. Allein es kam ganz anders. Der bis jetzt so harte Höhlenboden brach auf einmal mitten unter seinen Füßen weg und er rutschte in die Tiefe. Der junge Ritter purzelte einen steilen Stollen hinab. Das ist das Ende, dachte Harry während seines Falles. Doch damit war es nicht genug. Er schlug hart über eine Kante und fiel platschend ins Wasser. Jawohl, in eiskaltes Wasser. Blitzschnell ließ ihn diese durchdringende eisige Kälte am ganzen Leib erschauern. Außerdem bemerkte er, wie ihn eine schwache Strömung erfaßte, die ihn ins Ungewisse trieb.

Ich muß hier wieder raus, war sein erster Gedanke, denn die Kälte, so schien es ihm, begann seine Glieder zu lähmen. Längere Zeit in diesem Eis würde er nicht überleben. Mit kräftigen Schwimmstößen versuchte Harry, an den Rand zu gelangen. Obwohl die tiefe Finsternis ihm jede Hilfe verwehrte, ergriff seine Hand jedoch recht bald wieder felsiges Gestein. Schwer wurde es nur, eine geeignete Stelle für den Ausstieg zu finden. Nach langem Herumtasten am Rande fand er endlich einen Felsvorsprung, der es ihm erlaubte, das Wasser zu verlassen. Mit letzten Kräften zog er sich ans Ufer.

Er war zwar der einen Gefahr entronnen, aber um so schärfer kehrte ihm nun ins Bewußtsein zurück, daß sein Leben nur noch an einem seidenen Faden hing. Sozusagen vom Regen in die Traufe. Und diesmal standen die Chancen wahrlich sehr schlecht für ihn. Wie sollte er jemals hier wieder herauskommen. Wenn er wenigsten eine Fackel hätte, deren Schein ihm den Weg zeigen und obendrein noch etwas Wärme spenden würde. So war er blind den Tücken dieses Labyrinthes ausgeliefert. Tief unterm Berg, nicht weit von der heimatlichen Burg entfernt, sollte er nun sein frühes Grab finden. Nein!

Ich muß den Schacht, den ich heruntergefallen bin wiederfinden, hämmerte es in seinem Kopf. Was er nicht wußte, war, daß er schon eine gute Strecke auf dem Wasser zurückgelegt hatte und es ziemlich unmöglich war umzukehren. Da erhielt er Hilfe von einer unbekannten Seite, die er niemals erwartet hätte.

*

So kalt und dunkel, wie die große Höhle unter den Moorfußbergen auch war, so lebten doch in ihren Tiefen Lebewesen, die das Licht der oberen Welt noch nie erblickt hatten. Niemand würde je annehmen, daß es in dieser ewigen Finsternis Leben geben könnte, denn seltsam und fremd sind uns Menschen die dem Licht abgewandten Geschöpfe. Zu wenig ist bekannt von den tiefen Reichen unter den Erde. Schnell ist man dabei, sie als Vorhöfe der Hölle zu bezeichnen, dem Tartarus und wohl finstersten und schrecklichsten Ort tief unter der Welt. Und was geschah, bevor der Tartarus erschaffen wurde?! Denn nicht alles hier unten hat mit der Hölle zu tun. Niemand weiß, ob die Geschichten der Barden wahr sind, die von lichtscheuen Wesen in tiefen Höhlen erzählen. Kamen sie noch vor den Zwergen, die die Herren unterm Berge sind, mit dem Anbeginn der Welt auf diese Erde. Doch woher sie letzten Endes gekommen, weiß niemand zu berichten. Sicher wird euch das nun folgende mehr wie ein Märchen erscheinen, steht doch nichts dergleichen in den Geschichtsbüchern, aber wisset, daß wir Dinge, die uns heute absurd erscheinen, wir schon morgen in einem anderen Licht sehen. Zuerst bemerkte Harry gar nichts. Völlig teilnahmslos war er in jene Lethargie versunken, in der man nur noch den Tod erwartete. Er hörte auch nicht die Rufe der Freunde, zu weit war er schon von ihnen entfernt. Selbst die kalte Luft, die im Inneren der Höhle herrschte, spürte er kaum noch. So war es ihm fast, als schliefe er langsam ein. Und er begann zu träumen. Die Bilder seines Lebens liefen vor ihm ab, die Tage der Kindheit, die Überfälle der Engländer, die Lehrjahre mit dem alten Morlay, die unendliche Weite der See, die Ferne des Maurenlandes und Belakane. Es schien als wollten sich diese Erinnerungen verfärben, so als würde er sie in einem stumpfen Spiegel betrachten. Ja, seine Träume tauchten allesamt in ein trübes milchigweißes

Licht, das mit der Zeit immer stärker wurde und die verschiedenen Bilder verblassen ließ.

Harry machte die Augen erschreckt auf, um wieder in die lebendige Welt zurückzukehren. Doch es war nicht mehr stockfinster wie vorhin. Vor ihm flackerten zwei kleine weiße Lichtpunkte unter Wasser, die ihm recht seltsam erschienen, denn sie bewegten sich ständig. Jedoch das Licht war so fahl und schwach, daß man nur recht wenig erahnen konnte. In einem dunklen Zimmer hätte man es niemals bemerkt, so schwach war es. Aber hier in der totalen Finsternis...

Der junge Sinclair schaute zurück zu der Stelle, wo er den Schacht vermutete. Zumindestens konnte Harry umrißartig erkennen, daß er sich in einem recht breiten, wenn auch niedrigen Gang befand, der von einem unterirdischen Wasserlauf durchflossen wurde. Einen Seitenstollen gelang es ihm aber nicht zu entdecken. Wenn, dann mußte er außerhalb seines Gesichtsfeldes liegen. In der anderen Richtung schien der Tunnel größer zu werden, aber das konnte auch eine Täuschung sein. Er blickte wieder in Richtung der Lichter. Sie waren jetzt weiter weg als vorhin.

Harry starrte wie gebannt, um ihren Ursprung zu ergründen. Doch was war das? Ihm zog ein gar seltsames Gefühl in die Brust. Dort, wo die Lichter waren, schien sich etwas zu bewegen. Vielleicht ein Tier, vielleicht ein Fabelwesen. So etwas wie eine Wasserschlange. Das milchigweiße Leuchten schien von ihren Augen auszugehen. Er kannte gut die alten Seemannsgeschichten der Schenken aus Musselburgh und Leith. Einige Schiffsmänner hatten dort, nach reichlichem Biergenuß, berichtet, wie sie bei Fahrten nach Frankreich und Portugal in der nächtlichen See die hellen und funkelnden Augen von Ungeheuern gesehen hätten. Gewiß wären es gefangene Seelen, die aus der Hölle empor schauten, sagten die einen. Andere behaupteten wieder, es handelte sich dabei um fürchterliche Seeschlangen, die ein Schiff mit einem einzigen Schlag zertrümmern könnten. Diese Gedanken gingen Harry durch den Kopf und deswegen dachte er wohl an eine Wasserschlange.

Dieses Tier war aber keine Wasserschlange. Als es wieder näher zu ihm herüber schwamm, erkannte Harry, daß es die Form eines Molches hatte. Er schätzte, daß es ungefähr so lang wie sein Arm war, außerdem schien es recht neugierig zu sein. Dieser Molch war natürlich kein gewöhnlicher Molch. Später nannte man solche Lebewesen Höhlenolme. Olme sind lange, schleimige, schwanzartige Bewohner der tiefen unterirdischen Gewässer. Sie ernähren sich von unscheinbar kleinem Getier und stellen für den Menschen keine Gefahr dar.

Harry kam in Anbetracht dieser seltsamen Wendung ein kühner Gedanke. Dieser Fluß müßte doch sicherlich auch nach draußen führen. Wenn er das Licht, das den Augen des Molches entsprang, für sich nutzen könnte, würde er vielleicht über den Fluß aus dem Labyrinth herauskommen. Er könnte es zumindest versuchen. Aber er durfte seinen neuen Freund nicht erschrecken, dann wäre er verloren. Diese Möglichkeit, sein Leben doch noch zu retten, beflügelte ihn. Langsam tauchte er wieder mit dem Körper in das

Wasser ein. Dabei ging der junge Ritter so behutsam wie möglich zu Werke. Die eisige Kälte begann sofort, die Glieder zu erfassen. Ungeachtet dessen mußte er wohl eine kurze Zeit durchhalten, wollte er vom Fleck kommen.

Mit ruhigen Zügen glitt er die dahinfließende Strömung weiter. Langsam wurde es wieder finsterer in dem Tunnel. Er hielt aber solange durch, bis die Kälte ihn gar zu sehr drückte und er ein sicheres Ufer erklomm. Der kleine Molch, denn Harry kannte ja seinen wahren Namen nicht, hatte sich in gebührender Entfernung gehalten und kam erst jetzt, da der Mann aus dem Wasser gekrochen war, näher heran. Ein neugieriger Geselle. Harry mußte erst einmal verschnaufen, aber der Gedanke, diesem Labyrinth doch noch zu entfliehen, hielt ihn wach. Er massierte sich am Körper, um nicht durch die Kälte zu verkrampfen. Als er sich wieder erholt hatte, begann das Spiel von neuem. Auf diese Art und Weise kam er gutes Stück auf dem unterirdischen Fluß voran. Dabei war es sein großes Glück, daß ihn sein kleiner Helfer nicht verließ. Aber etwas anderes sollte geschehen.

Wie er bereits zum vierten Mal ins Wasser gegangen war, begann es auf einmal etwas heller zu werden in der Höhle, allerdings wurde jetzt alles in einen silbernen Ton getaucht. Und was noch viel merkwürdiger war. Dieses seltsame Leuchten kam ihm nicht unbekannt vor. Die Quelle dieser neuen Strahlen rührte vom Grunde her, geradeso als wäre sie direkt unter ihm. Er hielt inne und griff in die Tasche.

Es ist der Kristall, durchfuhr es ihn jäh. Warum ich nicht gleich darauf gekommen bin. Er hätte, seit er dem kleinen Tier mit den leuchtenden Augen begegnet war, die Kraft des Steines nutzen können. Wenn er auch nicht die Nacht zum Tag macht, so ist er doch wenigstens nützlich, um ihm hier herauszuhelfen. Allerdings hatte er nun dieses kostbare Juwel auf den Grund des Flusses verloren. Er nahm einen kurzen Atemzug und tauchte.

Die eisige Kälte drang sofort bis in die letzten Winkel seines Gehirns. Auch war das Gewässer tiefer als es den Anschein hatte. Obwohl er den glitzernden Saphir deutlich vor Augen hatte, schien er sich ihm nicht wesentlich zu nähern. Das klare Wasser täuschte über die wahre Entfernung hinweg. Harry hätte sie nicht über fünf Fuß geschätzt. Doch es schien mindestens dreimal so tief zu sein. Schließlich schaffte er es dennoch, den Saphir mit den Fingern zu erfassen. Kurz zuvor konnte er noch aus dem Augenwinkel beobachten, wie der Molch knapp an seinem Arm vorbeischoß. Dieses Tier schien mit ihm spielen zu wollen.

Harry mußte sich zwingen, langsam aufzutauchen, denn er kannte die Gefahren einer Panik im tiefen Wasser. Das Blut in seinem Kopf begann bereits zu rasen und er mußte auf der Hut sein, auf dem Weg zurück keine Erstickungsanfälle zu bekommen. Den Stein fest umkrampft, strampelte er zur Oberfläche zurück. Wild nach Luft schnappend, tauchte Harry auf.

Mit ruhigen Zügen schwamm er eine sichere Stelle am Ufer an und zog sich mit letzten Kräften aus dem Wasser. Zwar hatte er nun seinen Kristall wieder, aber dafür zitterte er am ganzen Körper. Verzweifelt rieb er sich die Hände am zitternden Körper. „Du darfst jetzt nicht aufgeben, nicht aufgeben!" redete er sich laut zu.

Langsam fing er wieder an, warm zu werden und musterte seine Umgebung. Er setzte sich aufrecht und schaute nach dem kleinen Höhlentier. Der Olm schwamm diesmal ganz in seiner Nähe, so, als wartete er auf etwas. Ja richtig, merkte Harry. Es war wieder ein wenig dunkler geworden, fast so wie vorhin. Der Molch schien regelrecht auf den Edelstein fixiert zu sein, deswegen auch seine Attacke unter Wasser.

Harry machte die Hand auf, die den Saphir umschlossen hielt. Obwohl das silbrige Licht zurückkehrte, wirkte es unruhiger als in der Tiefe des Flusses. Das hatte auch einen sehr einfachen Grund. Der flackernde Schein an den Höhlenwänden richtete sich ganz danach, wie er den Edelstein zwischen den Fingern drehte und wie sein kleiner Freund sich als Lichtquelle dazu verhielt. Mal brachen sich die Strahlen günstig, mal weniger günstig. Harry spielte ein wenig mit dem Kristall in seiner Hand und beobachtete die Veränderungen in seiner Umgebung.

Der Tunnel schien beträchtlich größer geworden zu sein. Bis zum gegenüberliegenden Ufer waren fast doppelt so weit entfernt - ungefähr acht Yard - als bei seinem ersten Einstieg ins Wasser. Verflucht, dachte der junge Ritter. Der Fluß mußte doch nun langsam den Berg verlassen. Wie er seinen Blick wieder so über das Wasser gleiten ließ, bemerkte Harry auf einmal, wie noch ein zweites Augenpaar und bald darauf noch ein drittes aus dem Dunkel auftauchte. So dauerte es denn auch nicht lange und fünf Olme schwammen vor ihm im Wasser. „Hoffentlich bleibt ihr friedlich", rief der auf dem Gestein sitzende Mann in jene Richtung, wohlwissend, daß ihn niemand verstand. „Nun denn." Er unternahm einen Versuch. Seine Finger deckten den Stein ab und siehe da, es wurde zwar wieder dunkler, aber es würde ausreichen.

Man muß wohl dazu sagen, daß die Leuchtkraft jenes Lichtes, das die Augen der Olme aussandten, sehr gering war. Vielleicht noch schwächer, als wir es von Glühwürmchen gewohnt sind. Nur ein längerer Aufenthalt in dieser schier undurchdringlichen Finsternis befähigt das Auge, durch das Licht der Olme zu sehen. So erging es auch Harry.

Er entschied, den Kristall nicht weiter zu benutzen, da er beim Schwimmen hinderlich sein würde, wickelte den Stein wieder ein und verstaute ihn sorgfältig im Lederbeutel, den er auf der Brust trug. Der Schein des Lichtes reichte auch so, bei der Hilfe so vieler kleiner Geister. Für ihn galt es jetzt, keine Zeit mehr zu verlieren. Er ließ sich wieder ins Wasser zurückgleiten.

Nach etlichen Schwimmstößen begann ihm klar zu werden, warum niemand einen zweiten Ausgang zur Höhle kannte. Harry war nahe daran, wieder vom Mut verlassen zu werden. Die Decke wurde immer niedriger und es war kaum noch möglich, ans Ufer zu gelangen. Endlich hatte er im buchstäblich letzten Augenblick einen runden Stein am Rande erspäht, auf den er sich setzen konnte. Die Beine mußten jedoch im Wasser bleiben. Ein Blick nach vorne ließ ihn das traurige Ende seines Versuchs, dem Labyrinth zu entweichen, offenbar werden. Die Decke neigte sich immer steiler hinab, bis der Fluß vollständig in einer Wand verschwand.

Sollte jetzt alles für umsonst gewesen sein? Nur nicht den ganzen Weg noch einmal zurück. Dazu hatte er nun keine Kraft mehr. Also mußte Harry eine andere Lösung finden. Und hier sollten ihm wiederum die kleinen Olme ihre Hilfe zuteil werden lassen. Sie hatten ihn bis zum Schluß begleitet, so als wollten sie ihn treu bis ans Ende dieser Welt folgen. Fröstelnd verfolgte er ihr Spiel im Wasser. Dabei machte er eine sonderbare Entdeckung.

Er sah, wie einige der kleinen Molche an einer bestimmten Stelle im Berg verschwanden, um bald darauf woanders wieder aufzutauchen. Manchmal dauerte es eine Weile, bis sie zurückkamen. Jedenfalls verließ der Fluß wahrscheinlich über mehrere Ausgänge den Berg. Vielleicht würde er es schaffen, an dieser Stelle durchzutauchen. Warum nicht.

Er mußte sich zunächst Gewißheit verschaffen und dabei könnte ihm Thyrion helfen. Harry entnahm den Stein wieder dem Lederbeutel und sofort wurde es merklich heller in der Höhle. Die Olme schwammen jetzt auch näher an ihn heran, fast zwischen seinen Füßen hindurch. An der bewußten Stelle konnte man deutlich unter der Wasseroberfläche die Strömung ausmachen, die in der Wand verschwand. Sein Entschluß stand fest.

Harry ließ sich zurück ins Wasser gleiten und schwamm erst einmal bis zu jener Stelle, von der aus er tauchen wollte. Die Decke befand sich bald unmittelbar über seinem Kopf. Nun war es nur noch wichtig, nicht die Nerven zu verlieren. Er holte zum letzten Male Luft.

Dann tauchte Harry - den Kristall in der einen Hand - in die Tiefe. Mit langen gleichmäßigen Zügen glitt sein Körper dahin. Durch die ihn begleitenden Molche ließ er sich nicht aus der Ruhe bringen. Sie spielten ihr eigenes Spiel. Mal überholten sie ihn, mal tauchten sie über ihn hinweg oder unter ihm durch, ohne daß Harry ihnen Beachtung geschenkt hätte. Und doch waren es ihre Augen, die den geheimnisvollen Kristall speisten und somit die Urheber jenes diffusen Lichts waren, das dem jungen Ritter den Weg wies.

Er spürte, daß ihn die Strömung immer noch trug und es bereitete ihm gemischte Gefühle. Denn zum einem würde er so schneller durch dieses Nadelöhr gelangen, zum anderen gab es nun kein Zurück mehr. Harry zwang sich, nicht daran zu denken und folgte weiter dem Lauf des Flusses. Bald erkannte er zu seinem Erschrecken im dämmrigen Licht unter Wasser einen großen Felsen, der ihm den Weg versperrte. Im ersten Augenblick befiel ihn tatsächlich eine große Angst, doch bald bemerkte er durch den Lichtschein, daß der unterirdische Strom nur einen leichten Bogen machte.

Als er die Biegung hinter sich gelassen hatte, sah er etwas vor sich an den Wänden, was ihn mit unbeschreiblicher Zuversicht erfüllte. Es wirkte wie ein grünlicher Schimmer. Vielleicht eine Form von Algenbewuchs. Algen brauchen das Licht der Sonne um zu leben. Es ist wohl schwerlich wiederzugeben, welch befreiendes Gefühl in ihm aufstieg. Doch das Gefühl hielt nicht lange an. Es wurde rasch dunkler hier unter Wasser. Er spürte wie die Leuchtkraft des Kristalls nachließ. Er drehte den Kopf nach hinten. Wo waren sie, seine kleinen Gefährten? Aus irgendeinem Grunde folgten ihm die Olme nicht mehr. Das Licht des Edelsteins drohte zu verlöschen. Außerdem fing seine Atemluft an, knapp zu werden. Er mahnte sich zur Ruhe.

Mit einem Male erfaßte ihn von vorne schräg eine Strömung, die ihn unwillkürlich zur Seite trieb. Harry versuchte sich festzuhalten. Seine rechte Hand umfaßte etwas, daß sich wie eine Wurzel anfühlte. Sein Herz schlug schneller. Eine Wurzel. Nur schnell nach oben.

Er hatte es doch noch geschafft. Vollkommen ausgelaugt tauchte sein Kopf aus dem Wasser auf. Über ihm war die sternenklare Nacht und er befand sich wieder im tiefen Tal der südlichen Esk. Mit der Rechten hielt er eine krüppelige Erle fest, die sich gegen den Felsen wand. Mit den Füßen, die noch vom Wasser umspült wurden, stand er auf der Wurzel. Die linke Hand umklammerte den Kristall. Harry schlotterte am ganzen Körper. „Ich danke, dir Herr", rief er mit schwacher Stimme gegen den hellen Nachthimmel. Mühsam steckte er den Kristall in den Beutel zurück und überlegte dann, an welcher Stelle des Tales er sein könnte.

Allein, er kam nicht drauf und so beschloß er zunächst einmal, das flache, sichere Ufer zu erreichen. Denn hier stand er wohl denkbar ungünstig. Er müßte wohl über ein paar Felsbrocken springen, die in der Esk herumlagen. Einfacher gesagt als getan. Mit letzter Kraft überquerte er teils schwimmend, teils über Steine kletternd den Fluß. Dann benötigte er nur noch drei Schritte und ließ sich wie ein nasser Sack auf einem Kiesbett niederfallen. Erst jetzt, als die Anspannung von ihm wich, merkte er, daß er seinem Körper zu viel zugemutet hatte. Harry zitterte wie Espenlaub und es dauerte eine Weile, bis er empfand, daß die Nacht angenehm warm war. Endlich der eisigen Kälte der Höhle entflohen! Er war kaum noch zu einer Regung fähig, obwohl das Blut nach den langen Anstrengungen der Nacht durch seine Adern raste.

Das Leben hat mich wieder, dachte Harry zufrieden. Goewerth hat es nicht geschafft, mich zur Hölle zu schicken. Ein laues Lüftchen wehte ihm um die Nase und trocknete sein nasses Gesicht. Aufmerksam lauschte er in die Nacht hinaus.

Nicht weit von ihm entfernt erklang ein hohes Fiepen und Pfeifen im Gebüsch. Dazu gesellte sich lautes Rascheln. Diese Töne stammten von keinem Menschen. Nein, es war der Balzkampf wütender Wasserspitzmausmännchen. Harry kannte diese kleinen Pelznager. Dazwischen drang nur das gleichmäßige Rauschen der über die Steine dahinfließenden Esk an sein Ohr. Im Grunde genommen hätte er vor Erschöpfung einschlafen müssen. Harry war aber innerlich noch so aufgewühlt, daß es unmöglich für ihn war, Schlaf zu finden. Während der durch die eiskalten Fluten stark unterkühlte Körper sich zu erwärmen begann und auf der Haut ein wohliges Kribbeln verursachte, begann sich sein Puls langsam wieder zu beruhigen. Ungeachtet dessen blieb Harry, ohne sich zu rühren, liegen. Als erstes bewegte er die Augen, mit denen er die Gegend nach etwas Markantem absuchte.

Am Rande des Kiesbetts standen drei große Eschen und dahinter müßte schon der Weg nach Balantrodoch liegen. Von hier aus müßte es keine Wegstunde bis zu Eingang der großen Höhle in nördlicher Richtung sein. Er streckte die Fingerspitzen, die Fußspitzen. Langsam schob er die Hand zum Gesicht und strich sich die Haare aus der Stirn. Schließlich raffte er sich wieder auf und verschwand im Dunkel des Waldes.

*

Unterdessen herrschte am Höhleneingang helle Aufregung. Die letzten Männer waren aus der Höhle herausgekommen, ohne auch nur eine Spur von Harry gefunden zu haben. Dabei mußte er in der Nähe von Goewerth gewesen sein. Leider konnte der ihnen nun nicht mehr weiterhelfen. Schließlich war er mausetot. Ein schwacher Trost für Will und die anderen Burschen aus Rosslyn. Man verfiel in gegenseitige Schuldzuweisungen. Das Fleisch vom Feuer, Wein und Bier interessierten längst keinen mehr.

Harrys Männer fluchten über die Templer. „Man hätte es niemals soweit kommen lassen dürfen, daß Goewerth in diese Höhle flüchten konnte." „Ihr seid schuld, Morlay." „Da ist Harry in Spanien glücklich einem Mordanschlag entgangen, um dann hier in Rosslyn durch Verräterhand zu sterben. Durch euren Neffen." „Mit Harry steht und fällt die ganze Sache." So und anders schrien sie durcheinander. William MacLarren wirkte ratlos. Er wußte, daß er den Templer nicht dafür verantwortlich machen konnte. Doch Harry hielt sie alle zusammen, das wußte auch Will. David Morlay sagte kaum ein Wort, sondern starrte nur mit einer versteinerten Miene, die um Jahre gealtert schien.

„Wir werden noch einmal die Höhle nach ihm absuchen. Aber er kann nur in dem Gang sein, aus dem Goewerth gestürzt ist. Schließlich haben wir dort sein Schwert gefunden. MacLarren, ich kann nicht glauben, daß er tot ist." „Aber er hat keine Fackel, kein Licht", kreischte Geoffrey. Sie senkten alle betroffen die Köpfe, denn ohne Licht war man in der Höhle so gut wie erledigt.

„Wenn ich noch einmal höre, daß ihr die ganze Unternehmung hinschmeißen wollt, dann seid ihr die längste Zeit meine Leute gewesen. Für die Fahrt über das Meer muß ich mir dann wohl eine andere Crew suchen", rief da eine Stimme von den Farnkräutern und Erlenbüschen unten an der Furt durch die südliche Esk her. Man hörte gleich dutzendweise die Steine von den Herzen fallen und die bis jetzt trübsinnigen Gesichter hellten sich auf. „Harry! Sir Henry!" Die Männer eilten auf die aus dem Uferdickicht tretende Gestalt zu.

„Mensch Harry. Dich scheint man wohl nicht tot zu kriegen. Teufelskerl, Wo kommst du jetzt her." „Langsam, langsam Männer." Harry, der völlig außer Atem war, setzte sich erst einmal ans Feuer. Da sich keiner der anderen so richtig um dessen Erhaltung gekümmert hatte, war es schon fast heruntergebrannt. Nur die Glut funkelte noch.

„Du bist ja ganz naß", krächzte Geoffry vor Aufregung. „Ja, etwas Trockenes auf dem Leib wäre wohl jetzt angepaßt", erwiderte Harry. Die Männer boten ihm sofort ein paar Decken an, in die er sich einwickelte, nachdem er die Kleider ausgezogen hatte. Dann setzte er sich wieder auf den mit einem Schaffell ausgelegten Baumstamm. Angenehm wärmte das Feuer Hände und Gesicht. Jetzt endlich meldete sich auch sein Magen zu Wort. „Ich habe einen mordsmäßigen Hunger."

„Aber, das ist doch klar", sagte Will. „Geoffrey, schneide ihm mal ein schönes Stück ab, ich glaube, unserem Braten hat diese unvorhergesehene Pause am besten getan." „Ja, das Fleisch ist ausgezeichnet durchgezogen. Hier nimm, Harry." Geoffrey reichte dem von den Toten Auferstandenen eine saftige Scheibe vom mürben Schaffleisch. Henry Sinclair verschlang es wie der Wolf ein Kaninchen und verlangte Nachschlag.

Die Gemüter beruhigten sich langsam wieder und ein jeder nahm wieder seinen Platz ein. „Eurem Geschrei konnte ich entnehmen, daß Goewerth tot ist. Es ist gut. Sprechen wir nicht mehr darüber. Wie durch ein Wunder fand ich den Weg nach draußen. Die

Höhle hat viele Zugänge. Ich glaube, ich habe heute einen neuen, völlig unbekannten entdeckt. Er führte jedenfalls nicht zu dem Brunnenschacht, den Robert the Bruce früher benutzte. Nein, ihr werdet staunen. Ich folgte einem unterirdischen Wasserlauf."

In der hellen Aufregung wagte es niemand, Harry zu fragen, wie er denn ohne Licht in diesem Gang vorangekommen war. Man hielt es eher für eine Fügung Gottes, daß der junge Clanhäuptling wieder einmal mit dem Leben davon gekommen war. Nach den Sternen zu urteilen war es bereits Mitternacht. Längst war der Mond über der steilen Schlucht verschwunden. Hell loderte das Feuer wieder auf, wie ein hoher Scheiterhaufen in dem die bösen Reden und unfreundlichen Auseinandersetzungen des Abends verschwanden. Obwohl ungesund, schlugen die Männer zu später Stunde sich den Wanst voll und spülten reichlich mit Bier und Wein nach. Sie sprachen wohl darüber, daß die Gefahr noch nicht gebannt sei und man in Zukunft vorsichtiger sein müsse.

„Der Kreis der Eingeweihten darf nicht mehr weiter vergrößert werden. Wir können uns ein solches Risiko nicht noch einmal leisten. Dafür steht zuviel auf dem Spiel", meinte Errol Eisenhand gewichtig. „Soll ich euch etwas sagen", ergänzte Harry. „Ich glaube, daß Goewerth nur ein armes Schwein war. MacWquire hat mich mit dem Ring absichtlich auf seine Spur gelockt, um von den Schatten der Wölfe abzulenken, die im Hintergrund bereits auf der Lauer liegen." „Ich glaube, du hast recht", entgegnete Morlay „Solange wir in Schottland sind, droht uns keine direkte Gefahr", bemerkte Errol mit ernster Miene. Und damit wurde das Thema fallengelassen und obwohl ab jenen Tag jeder der Männer eine erhöhte Wachsamkeit gegenüber Fremden an den Tag legte, sollten die Gefährten um das Geheimnis der Karte lange Zeit Ruhe vor ihren Verfolgern haben.

Das Ende im Eis

Die Ereignisse des Jahres 1368 bestärkten den alten Morlay in der Annahme, daß die Gefahr mit dem Tod Goewerths noch längst nicht gebannt sei. Es war nicht einfach gewesen, dem Präzeptor vom Ableben des Komturs zu berichten. Dabei erhielt er Hilfe von Errol Maxwell und Eustache Dunbar, die ihre Hände für seine Unschuld ins Feuer legten.

Irgend jemand hatte seinen Neffen wahrscheinlich bewußt unter Druck gesetzt und ihn so zu seinem willfährigen Werkzeug gemacht. Welche finsteren Gegenspieler unter den schottischen Clans ihm gegenüberstanden, konnte er jedoch nur vermuten. Da MacWquire aus dem Kilmartin kam, lag es nahe, daß der Duke of Argyll, Gillean Campbell, damit zu tun haben könnte. Doch mit solch losen Behauptungen und wilden Spekulationen würde man wenig anfangen können. Er und Harry sollten sich also in Zukunft etwas vorsichtiger verhalten.

Um jeden weiteren Zug seiner Feinde zuvorzukommen, beschloß David Morlay, den Beginn der großen Fahrt auf das nächste Jahr festzusetzen. Schließlich waren alle notwendigen Vorbereitungen getroffen worden und der Zeitpunkt erschien äußerst günstig. Der junge Henry Sinclair würde in absehbarer Zeit sein Erbe auf den Orkneys nicht antreten können, weil sich der König von Norwegen dagegen sperrte. Die jungen Männer, in seiner Gefolgschaft waren alle begierig darauf, endlich die Wellen des Ozeans unter dem Kiel ihres Schiffes zu spüren. Sie hatten nun weiß Gott genug Erfahrung mit der Golden Ross vor Schottlands Küsten gesammelt.

Im Tempel selbst drängten vor allem der erfahrene Errol Eisenhand und Charles Keith, nicht zu lange mit der Abreise zu warten. Der Präzeptor der Johanniter erfuhr zu Allerheiligen von Morlays Plänen einer Reise nach Island. Sir Henry Sinclair hatte dafür eigens bei Sir Thomas Seton vorgesprochen und ihn darum gebeten, daß ihn sein alter Lehrer und eine erwählte Mannschaft, bestehend aus vier Rittern, etlichen Sergeants und dienenden Brüdern begleiten dürfe.

Seton wußte gut um den Einfluß der Sinclairs am schottischen Königshof. Er war klug genug, um Morlay keine Steine in den Weg zu legen. Außerdem spekulierte er immer noch mit einem - in seinen Augen - längst fälligen Eintritt Sir Henrys in den Orden.

Der genaue Zeitpunkt des Beginns der Schiffsreise hing jetzt nur noch von der Ankunft der Gebrüder Beranelli ab. David Morlay verfaßte noch vor Anbruch des Winters wichtige Korrespondenzen, die mit den Schiffen der Johanniter und dem anschließenden Landwege nach Venedig gelangten.

Damit waren alle Hürden genommen. Für den Fall, daß Harry von der Reise nicht zurückkehren würde, wurde vereinbart, zunächst ein zweimonatliches Stillschweigen zu bewahren. Danach sollte Harrys jüngere Schwester Margarethe, die schon seit langer Zeit auf einer Burg nahe Dundee lebte, das Erbe ihres gemeinsamen Großvaters Malise übernehmen.

Mit dem Frühjahr 1369, nach dem letzen Lenzmond ankerten drei Schiffe aus dem Süden im Firth of Forth. Die Kunde von ihrer Ankunft flog innerhalb eines Tages über die seichten Hügel und tiefen Schluchten Lothians bis nach Rosslyn und Balantrodoch. Am nächsten Morgen kamen David und Harry mit der aufgehenden Sonne hinunter zu den Docks von Leith geritten, um die lange erwarteten Gebrüder Beranelli zu begrüßen. Für ihre weitgereisten Gäste führten sie beide jeweils ein weiteres Pferd mit sich.

Die Straßen der Stadt Edinburgh erfüllte schon das rege Treiben der früh aufgestandenen Marktleute aus der Umgegend mit Leben. Es war einer der ersten Frühlingstage des Jahres, nach denen sich viele Menschen bereits lange gesehnt hatten. Zwar war es im Schatten der Häuser noch recht eisig, jedoch an den Stellen, wo die Strahlen der Sonne zum Boden gelangten, wurden sie mit lachendem Herzen gefeiert. Die Schweine tollten zwischen dem Unrat der Straße herum und schnüffelten in den Ecken, um die ersten zarten Sprossen begierig aufzufressen. Aber die Reste der eisigen Kälte hatten auch ihr Gutes, denn noch waren die Straßen passierbar; spätestens zur Mittagsstunde würden sie sich in unwegsame Schlammwüsten verwandeln.

Jetzt mußte man sich nur vorsehen, nicht in den Abfall der Stadtbewohner, der überall herumlag, zu treten. Dazwischen dampfte der Kot und Urin der Schweine in der kalten Morgenluft. Die beiden Ritter spornten ihre Pferde an, um schnell durch die Stadt zu gelangen. So frühzeitig war das noch möglich.

Ja, Edinburgh besaß eben nicht, wie die Weltstadt Brügge, die ersten gepflasterten Straßen und war schon gar nicht mit dem Liebreiz von Sevilla oder Granada vergleichbar. Es gab sogar Wochen im Jahr, an denen man gut beraten war, die Stadt am Firth of Forth zu meiden.

An einem kleinem Wasserlauf, der hauptsächlich den Abfall von Edinburgh mit sich forttrug, führte die wichtigste Straße der Stadt hinab nach Leith, dem Hafen. Hier rollten tagtäglich die Warentransporte hin und her. Hauptsächlich aber die Karren, die randvoll mit Fisch beladen waren. Heringe, Kabeljau aus dem Firth of Forth. Leith war das Tor zur Welt, wenn es auch nur aus wenigen Häuserzeilen bestand. Hier lebte nur, wer auch im Hafen beschäftigt war oder sonst sein Herz der See verschrieben hatte. Die Schiffbauer, die Segeltuchmacher und Reepschläger, Fischer oder auch Kaufleute.

Mittlerweile erreichten die beiden Reiter Leith. Recht bald tauchte hinter den letzten Häusern am Strand die Silhouette des Hafens mit seinen vielen Schiffen auf. Sie ließen die Helling links liegen und achteten auch nicht auf das Gedränge unten bei den Fischern. Ihr Ziel lag dort, wo die Lotsen die fremden Handelsschiffe auf Reede schickten. Hier herrschte ein reges Treiben von Kaufleuten, Verlade- und Transportarbeitern und natürlich Seefahrern, die den nahe gelegenen Schenken zueilten.

Harry hatte den Löwen von San Marco schon von weitem am Mast der Karavellen gesehen. Er war erstaunt über die großen Schiffe der Venezianer, die der Lotse, wohl wegen ihres großen Tiefgangs, weit draußen hatte ankern lassen. Vorder- und

Achterkastell waren durch Aufbauten verstärkt. Sie trugen jeweils zwei Masten, die mit dem im Mittelmeerraum üblichen Lateinersegeln getakelt waren. Das größte der drei Schiffe war am Bugspriet zusätzlich mit einem kleinen Segel ausgerüstet. Sicherlich waren diese Karavellen wohl erprobt auf den Wassern des großen Ozeans.

Mehrere Zuschauer hatten sich unten an den Docks eingefunden, denn so etwas sah man nicht alle Tage. An den Anblick der seltenen Zweimaster war man seit einigen Jahren bereits gewohnt, aber Lateinersegel, ja, die ganze Form dieser Schiffe des Südens waren hierzulande noch gänzlich unbekannt.

David und Harry schauten über die Menge hinweg, ob sie vielleicht irgendwo einen der Gebrüder Beranelli im Gewühl entdecken würden. Sicherlich mußten die Venezianer ihre an Bord befindlichen Waren an Land bringen. Diese wurden immer auf die gleiche Weise von den größeren Schiffen zu den Docks gebracht.

Zunächst entlud man die Fracht auf eine kleine Schute, die dann bis an die Docks heranfahren konnte. Dort brachten dann Schauerleute unter Beaufsichtigung des Kaufmanns und des Zolls die Ware an Land. Oft war auch schon der Käufer der Ware zugegen, die dann gleich in einem der nahegelegenen Kontore verschwand.

Harry wies auf einen jener Lastkähne, der gerade an einem Steg ausgeladen wurde. „Das könnten sie sein, David!" sagte er und darauf stiegen sie ab und nahmen die Pferde beim Zügel.

Tatsächlich. Der Mann am Steg, der bei der Entladung irgendwelcher Fässer Anweisungen gab, war den beiden recht wohl bekannt. Der Abend in der Schenke „Zum fröhlichen Hecht" lag nun schon über sechs Jahre zurück.

„Na, ist denn das die Möglichkeit. Harry!" rief jemand über das Deck der Schute hinweg. Es war Rico Beranelli. Groß war die Freude über das Wiedersehen. Rico überließ die weitere Warenabwicklung von Bord seinem Bruder und eilte auf Harry und David zu. Längst waren die Abnehmer zur Stelle und Geld und Ware wechselten den Besitzer.

Die beiden Ritter zeigten indes dem jüngeren Beranellibruder das Hafengelände und fragten ihn nach dem Verlauf der Reise. Jener dankte und erwähnte eine sehr ruhige Fahrt, obwohl sie in Sluis ein Gerücht über eine vor der Themsemündung herumstreifende Kaperflotte der Engländer zu Ohren bekamen.

Daraufhin verfluchten die Gastgeber das frevelhafte Benehmen der südlichen Inselleute, obendrein legitimiert durch Kaperbriefe ihres Landesherrn Edward III.

Der Venezianer wollte wissen, ob man schon auf eventuelle Hintermänner der beiden toten Verräter gestoßen wäre und wie weit das Geheimnis der Karte sich in Gefahr befände. Dabei unterließ er es auch nicht, Harry für sein leichtsinniges Verhalten im letzten Sommer zu tadeln. Morlay hielt fest, daß bis jetzt nur ein Hinweis auf den portugiesischen Orden der heiligen Ritter Christi bestünde. Seine Gedanken hinsichtlich Argyll erwähnte er nicht.

Man kam überein, daß es notwendig war, sich noch zwei Wochen in Schottland aufzuhalten, um gemeinsam die Reise in ihren letzten Einzelheiten vorzubereiten. Zudem brauchten die beiden Brüder noch mindestens zwei Tage, um in Leith Geschäfte zu tätigen und Fracht auszuladen. Danach wolle man nach Island aufbrechen. Die Schotten akzeptierten den Vorschlag, die Beranellis erst in zwei Tagen auf der Stammburg der Sinclairs begrüßen zu können und zogen unverrichteter Dinge wieder ab.

*

Als jener Abend kam, an dem die Venezianer zum ersten Mal Rosslyn Castle betraten, waren sie durch die Herzlichkeit des Empfangs angenehm überrascht. Begierig lauschten während und nach dem Mahle die Gastgeber der neuen Kunde, die Francesco und Rico vom Kontinent mitbrachten.

Die strahlenden Sterne der italienischen Seehandelsmächte schienen im Untergehen begriffen zu sein, denn auf den Meeren östlich der Adria veränderten sich die Verhältnisse immer mehr zu ihren Ungunsten. Wie schwarze Wolken am Horizont erschienen die Türken als ständig wachsende Bedrohung des gesamten Balkans. Diese grausamen Horden aus der Steppe, die bis jetzt niemand aufhalten konnte, kündigten an, eines nicht mehr fernen Tages Byzanz, dem Bollwerk der östlichen Christenheit, den Todesstoß zu versetzen.

Hinzu kamen wirtschaftliche Probleme des Abendlandes, denn der Handel mit dem Orient wurde immer teurer. So stiegen die Preise für Seidenstoffe und Gewürze aus Indien ständig. Für ihre Waren verlangten die Araber meistens Gold als Gegenwert, viel Gold. Doch dieses Metall, das erst wieder seit hundert Jahren Zahlungsmittel war, drohte immer knapper zu werden. Um aus dieser Klemme zu gelangen, galt es, andere Wege zu finden.

Ein düsteres Bild war es, das die venezianischen Kaufmannsbrüder vom Kontinent zeichneten. Noch waren der Goldflorin und der venezianische Dukaten die begehrtesten Währungen und Goldmünzen unter den Kaufleuten. Doch überall, so meinten sie, sei die Krise spürbar.

Auch die Kirche trüge zu dieser Entwicklung bei und Francesco benannte den anderen auch die Gründe dafür. Seit den Pestjahren in der Mitte des Jahrhunderts hätte die Kirche ihr Antlitz entscheidend gewandelt. Mit der Ausweitung ihrer unheilvollen Ketzerjagden, ihren Pogromen, unterhöhlte sie zunehmend jedes fruchtbare Leben eines Staates. Zumal die Diener der Kirche, vor allem die Bischöfe, auf infamste Weise ein Leben in Luxus und Sodomie vorlebten. Scharenweise liefen die Menschen zu den verschiedensten Sekten, um dem harten, düsteren und gewalttätigen Bild des Alltags zu entfliehen.

Am meisten beängstigte die Venezianer jedoch ein Handelsstreit, den Venedig mit der Republik Genua nun schon seit Jahren ausfocht und der sich zum Krieg auszuweiten schien.

Allerdings lag den Beranellis nichts ferner, als ihre Gastgeber zu verdrießen, und so schmückten sie ihre Rede zwischendurch mit der einen oder anderen gar munteren Anekdote, um die Gesichter aufzuheitern. Daß das Französisch der Venezianer nicht gerade das beste war und die Gastgeber immer wieder in ihren angelsächsisch-normannischen Dialekt verfielen, störte dabei nur wenig.

Isabella Sinclair wußte allerdings, was sie ihrem weitgereisten Besuch schuldig war und deutete dem Hausbarden an, den Abend gemütlich abzurunden. Jener ließ sich nicht zweimal bitten und begann seine Geschichten vorzutragen, worauf die Männer und Frauen in der hohen Halle dem tiefen Zauber der schottischen Sagen aus früherer Zeit verfielen.

*

Tags darauf ritt Harry zu John Leeword und sagte zu ihm. „John, wie du weißt sind die venezianischen Kaufleute hier, von denen wir immer gesprochen haben. Das bedeutet, daß wir nun bald gemeinsam in den Norden segeln werden. Wir sollten uns deswegen in zwei Tagen mit Anbruch der Dunkelheit in eurem Hause treffen. Rufe du die anderen zusammen."

Wie jener Abend heranrückte, strömten von überall die Gefährten des jungen Sinclair zum Haus des alten Leeword, um den kleinen Raum unter dem Dache zu füllen. So waren sie, als Harry mit den beiden Gästen aus Venedig eintraf, schon alle um den großen Tisch in Leewords guter Stube versammelt. Das schwelende Torffeuer in der Hüttenecke nebelte den Innenraum ein. Zusätzlicher Dunst gemischt aus Bier, Essen und Mensch schwängerte die Luft. Wer nach einer frischen Brise salziger Seeluft strebte, die vom Firth of Forth zu den Moorfußbergen wehte, mußte schon vor die Tür gehen. Lachend verteilten die jungen Männer drinnen gerade die Arbeiten auf Deck der Golden Ross. Natürlich nur zum Scherz, denn der große John wäre wohl wenig für den Mastkorb geeignet.

Man schien also über alle Maßen guter Laune zu sein und William MacLarren begrüßte die drei schallend im Kreise der Männer, die es schon kaum mehr erwarten konnten, gemeinsam auf große Fahrt zu gehen. Neugierig richteten sie ihre Blicke auf die weitgereisten Gäste und erfahrenen Schiffer aus dem Süden, die in den feinsten Kleidern daherkamen. Auch die alten Leewords waren über alle Maßen erfreut, daß ein so hoher Besuch sie beehrte.

Im Verlaufe des Tages hatte Harry zum Hof der Leewords mehrere Fässer Bier senden lassen, von denen das erste bereits schon wieder leer war. Was sollte man auch lange damit warten. Seit dem letzten Herbst waren die Freunde nicht mehr in so einer großen Runde zusammengekommen und so hatten die jungen Männer untereinander jede Menge zu erzählen, wobei ein guter Tropfen die Kehle erstaunlich lockerte und dem Gedächtnis auf die Sprünge half. Der lange Winter lag nun hinter ihnen, wer wollte da nicht fröhlich sein.

Als die fremden Gäste aus Venedig sich an den großen Tisch setzten, wurde es erst einmal ein wenig still, so daß man die Neugier spüren konnte, die greifbar in der Luft lag. Harrys Mannen zeigten sich denn auch etwas unbeholfen beim gegenseitigen Vorstellen, so, als wollten sie den zweiten Schritt lieber vor dem ersten gehen. Denn alle fieberten jetzt darauf, was der Besuch aus dem fernen Venedig ihnen wohl zu sagen hatte. In ihren Gedanken segelten sie bereits auf ihrem Schiff in den Norden.

Geoffrey, der schon ein bißchen über den Durst getrunken hatte, rief Harry zu. „Wir wollten es kaum glauben Harry, daß es nun endlich los geht. Sag, stimmt es? Werden wir über das große Meer segeln?" Die anderen mußten lachen, denn der kleine MacLoyd hatte schon seit Stunden nur von den großen Walfischen und Seeschlangen des Nordmeeres geschwärmt.

„Ja, es geht über den großen Ozean. Aber vorerst steuern wir Island an, Leute. In ein paar Tagen wird die Golden Ross gemeinsam mit den Karavellen der Venezianer und einer Kogge der Templer in Leith in See stechen. Wir sollten darüber sprechen, was bis zur Abreise zu tun ist." Gesagt, getan. Nachdem die Venezianer kurz den Verlauf der Fahrt beschrieben und Harry den anderen die Worte in die Sprache Lothians übersetzten, wandte man sich der notwendigen Schiffsausrüstung zu. Will und Harry sollten an diesem Abend noch ordentlich ins Schwitzen kommen, da sie als die einzigen des Lateins kundig waren, was ihnen die Rolle des Dolmetschers aufzwang.

Jeder bekam seine Rolle zugedacht und war obendrein für die Mitführung seiner eigenen Waffen verantwortlich. Brennholz und Torf mußten nach Leith gebracht werden, vor allem damit gekocht werden konnte. Bei den Fischern galt es Hering, Dorsch und Kabeljau zu besorgen und in Fässern einzusalzen. Bohnen, Erbsen, Zwiebeln, Schafskäse, Speck und Fleisch gehörten ebenso zur Bordverpflegung für mehrere Wochen. Die Venezianer schlugen sogar vor ein paar lebende Hühner mitzunehmen.

Wichtiger aber noch war das Bier. Leichtes, dünnes Bier, das zu jeder Tageszeit getrunken werden konnte. Und natürlich säckeweise Schiffszwieback, der sich nämlich beträchtlich länger als Brot hält. In der nächsten Woche mußte dies alles erledigt werden. Außerdem galt es, die Schnigge noch einmal gründlich zu überprüfen. Die Belastbarkeit der Segel und Takelage, die Beschaffenheit der Außenwandung und das Schmieren der Gleitlager. Es wurde spät in der Nacht, ehe die jungen Männer auseinandergingen.

*

Endlich war es so weit. Henry Sinclair erschien mit einem Troß von drei Knechten und einem Ochsenkarren in Leith an den Docks. Auf dem Karren führten sie ein Käfig mit gackernden Hühnern, geräuchertes Fleisch, mehrere Fässer Bier, sowie etliche Waffen zur Verteidigung der Golden Ross mit. Als er sich von Rosslyn verabschiedete, wußte er noch nicht, daß es ein Abschied für längere Zeit werden sollte.

Die Beranellis waren schon seit geraumer Zeit wieder in den Hafen zurückgekehrt, um die Vorbereitung ihrer Karavellen zu überwachen. Sie wollten nur mit zwei Schiffen nach Norden aufbrechen, das dritte war im Verbund mit schottischen Frachtseglern bereits nach Flandern zurückgefahren.

Auch von den Templern hatten sich die meisten bereits in Leith eingefunden, um die Fahrt vorzubereiten. Im Hafen von Leith lagen mehrere Schiffe der Johanniter vor Anker. Harry erkannte unter ihnen sofort die „Melrose", die am weitesten draußen auf den Wellen schaukelte. David hatte sein Schiff nach jener berühmten Abtei getauft. Der Bauart nach war es ein Mischtyp zwischen dem Hulk und der Kogge. Außerdem besaß es - was äußert ungewöhnlich für diesen Schiffstyp war - einen zweiten Segelmast, den Besanmast. Dieser blieb zwar etliche Yards hinter dem vorderen Hauptmast in seiner Höhe zurück, aber statt einem Rahsegel hatte man hier ein schwenkbares Lateinersegel aufgetakelt. So konnte man den seitlichen Wind besser ausnutzen. Wohl hatten die Venezianer zu diesem Schritt geraten, um die Manövrierfähigkeit zu erhöhen. Allerdings boten die riesigen Lateinersegel der Karavellen dem Wind eine fast doppelt so große Angriffsfläche.

Harry glaubte auf die Entfernung einige bekannte Gesichter zu entdecken. Eifrig arbeiteten schon die Männer des Ordens, unter ihnen Robert, der Ritter vom grünen Baum und Errol Eisenhand auf Deck. Auf der Steuerbordseite lag ein kleiner Lastkahn. Wahrscheinlich kümmerten sie sich um das sichere Verladen der Vorräte.

Harry dirigierte den Ochsenkarren über die Docks zu jener abseits liegenden Schnigge, wobei er auch am Bootsschuppen des alten Niall vorbeikam. „Na, Harry. Morgen geht die große Reise los", empfing ihn dieser. „Ach, Niall. Ich hätte mir denken können, daß ich dich heute hier finde. Sag, ist John schon auf der Golden Ross?" Der Alte verneinte. Er roch nach Fusel, was Harry abstieß. Aber es gehörte zu Niall, so wie ein Schuh zum Fuß. Schließlich war er Harry und den Jungs gegenüber nie ausfällig geworden.

„Gestern mittag sind Will und Geoffrey zuletzt hier gewesen. Ich glaube, sie haben noch einmal die Seile überprüft." Niall rülpste laut und löste damit einen mittelstarken Hustenanfall aus. Harry seufzte. Es war schon manchmal nicht einfach mit ihm. Dazu wirkte der Alte heute auch noch so wehleidig. „Jetzt wird die Golden Ross auch einmal richtig auf hoher See getestet. Ich wäre gerne mit dabei." Harry tröstete ihn. „Mensch, Niall. Überlege doch einmal. Wen hätte ich denn hier am Firth of Forth, der mich über die Ereignisse am Laufenden hält. Komm, Niall, hilf uns wenigstens, ein bißchen auf Deck aufzuräumen." Wortlos nickte der alte Mann und holte eine kleine Holzleiter aus seinem Schuppen und gab sie einem der Knechte. Harry legte sie an die Bordwand an und balancierte hinüber auf das Deck der Schnigge. Oben angekommen klappte er erst einmal den Steg zum Kai hinunter, so daß die Knechte die Verpflegung und Waffen an Bord bringen konnten.

Da tönten laute Rufe an sein Ohr. Gilbert, Duncan, dessen Bruder Hadlaf und John standen unten auf den Holzbohlen. Auch sie waren mit einem Ochsenkarren gekommen, auf dem allerlei Verpflegung lag. Die Fleißigen hatten schon die Tage vorher die

Laderäume der Golden Ross sowie ihre eigenen Schlafbutzen gefüllt. Aber heute schienen sie den Rest zu bringen.

„Das ist gut, daß du da bist, Niall" zogen sie den Alten auf, der ein paar Schritte entfernt mit gewichtiger Miene dreinblickte. „Wir glauben, du kannst uns helfen, das Zeug hier abzuladen." „Sagt mal Jungs, was denkt ihr euch eigentlich. Und wozu braucht ihr denn die vielen Bierfässer." „Damit wir sie bei dir lassen können", antwortete ihm John augenzwinkernd. Als er Harry gewahrte, rief er ihm zu. „William kommt bei Sonnenuntergang mit den restlichen Leuten." „Na, dann an die Arbeit, Männer", entgegnete dieser.

Und gearbeitet wurde im Hafen von Leith noch bis spät in die Nacht, denn die Kapitäne waren übereingekommen, in aller Frühe mit der Morgenflut auszulaufen. Insgesamt zählte die Besatzung der Golden Ross dreizehn junge Männer, die alle von dem Gedanken besessen waren, auf große Fahrt zu gehen. Dick, Gilbert, Duncan und dessen Bruder Hadlaf stammten aus dem kleinen Dorf Rosslyn. Weiterhin fuhren Thomas, Malcolm, Fingalf, Iain, Walter, allesamt junge Seeleute aus Musselburgh, mit. Und zu guter Letzt kamen John Leeword, Geoffrey MacLoyd, William MacLarren und Sir Henry Sinclair.

*

Am Morgen verhüllten dicke Nebel die altehrwürdige Stadt mit einer festen Wand aus Watte. Edinburgh schlief noch. Doch unten an den Docks von Leith herrschte schon rege Betriebsamkeit. Überall wurden Befehle gebrüllt, Taue losgebunden, Anker gelichtet und die Segel gesetzt. Wenig später kehrte wieder Ruhe ein, nur sehr früh aufgestandene Fischer konnten von ihren Kähnen aus beobachten, wie vier Schiffe den Firth of Forth in Richtung Norden verließen. Zwei größere, ein mittleres und ein kleines. Die Gebrüder Beranelli befehligten jeweils eine der großen Karavellen. Die Golden Ross unter dem Kommando von Sir Henry Sinclair war das kleinste aber auch das wendigste Schiff.

Bei ruhigem Wetter kamen sie ohne Probleme vorwärts und hatten innerhalb von drei Tagen die Landspitze nördlich von Aberdeen hinter sich gelassen und hielten jetzt direkten Kurs auf die Inseln des großen wilden Bären oder Orc, wie die Nordländer sagen würden. Karg war das Land hier und oft peitschte der Seewind über Felsen und Wiesen hinweg. Die wenigen Bäume, die es hier noch gab, waren deutlich vom ewigen Kampf gegen die Unbilden der Natur gezeichnet.

Harrys Oheim war in einem langen Brief bereits die Ankunft seines Neffen angekündigt worden. Durch einen Erlaß des norwegischen Königs Haakon vertrat er als Verwalter der Orkneys das Erbe seines Neffen. Allerdings waren seine Befugnisse äußerst begrenzt.

Die Situation auf den Orkneyinseln gestaltete sich mehr als verwirrend. Haakon Johnson, ein treuer Gefolgsmann seines Königs, regierte das Inselreich als Gouverneur. Doch er war nicht der einzige, der eine Machtposition auf den Orkneys beanspruchte. Abgesehen von Sir Henrys Cousins, Alexander de Ard und Malise Sparre, gab es noch einen weit aus gefährlicheren Widersacher, einen Mann, der jegliche Grenze zu überschreiten bereit war. Der Bischof William, Vertreter des Papstes auf den Orkney- und Shetlandinseln. Er nutzte jeden Freiraum, um gegen jeden, der ihm seine Herrschaft streitig machen wollte, vorzugehen. Der Bischof richtete sich nicht nur gegen die Sinclairs, deren rechtmäßigen Anspruch er durchaus einzuschätzen wußte, sondern auch gegen den norwegischen König.

Haakon VI. hatte seine liebe Not mit ihm. William leistete weder den Anordnungen Thomas Sinclairs Folge noch denen des Gouverneurs. Nach Gutdünken erhob er Steuern und Abgaben, wozu er in keiner Weise berechtigt war. Seine Burg stand mächtig und trutzig inmitten der Stadt Kirkinvaghe, der Residenz der Herrscher über die Inseln. Nicht weit davon entfernt ragten die Türme der Kathedrale St. Magnus in den Himmel. Die Stadt und ihre unmittelbare Umgebung betrachtete der Bischof wie seinen Besitz und deswegen war er auch hier am stärksten verhaßt. Allerdings ging er immer wieder gegen die von norwegischer Seite nicht gern gesehene Besiedlung der Inseln durch schottische Einwanderer vor. Dies erlaubte ihm trotzdem nicht, unbefugt Gelder und Steuern einzutreiben.

Nach jeder Maßregelung durch König Haakon zeigte er sich versöhnlich, um bald darauf wieder aufs Neue seine Grenzen auszuloten.

Abgesehen von den Gefahren, die durch den Bischof und Alexander de Ard den Sinclairs drohten, gab es noch weitere Schwierigkeiten, mit denen sich vor allem die Bewohner der Inseln konfrontiert sahen. Das Gebiet der Shetlands und Orkneys umfaßte an die hundertsiebzig Inseln, von denen nicht einmal ein Drittel bewohnt wurde. In den zahlreichen Buchten gab es hervorragende Verstecke für Seeräuber und allerhand anderes Gesindel. Auch überfielen oft Krieger aus dem schottischen Hochland die südlichen Orkneys. Irgendwo im Hochland hatte sich auch Alexander de Ard festgesetzt.

Der Verbund der vier Schiffe hielt auf die größte der Inseln zu, um im Hafen von Kirkinvaghe frisches Wasser und Verpflegung, vor allem Dörrfisch, an Bord aufzunehmen. Kirkinvaghe befand sich auf der Hauptinsel der Orkneys, Pomona. Der Name der Stadt bedeutete soviel wie die Bucht der vielen Kirchen.

Die Wappen auf den Segeln der Karavellen erregten in Kirkinvaghe, da sie noch nie gesehen wurden, einiges Aufsehen unter den Nordländern. In ihrer Bucht legte nicht alle Tage ein Schiff aus dem fernen Venedig an. Einige der venezianischen Kaufleute gingen an Land, um mit einigen Händlern an den Docks der Stadt über den Austausch verschiedenster Ware zu verhandeln.

Harry ging während ihres Aufenthaltes nicht von Bord. Ihm lag nicht viel daran, daß man in Norwegen etwas über seine Pläne erfuhr. Nur sein Oheim besuchte ihn in den Abendstunden und schilderte ihm die Verhältnisse auf den Inseln.

Nachdem sie zwei Tage geblieben und alle Geschäfte erledigt waren, liefen sie wieder aus. Die Schiffsbesatzungen waren nun um etliche Robben- und Otterfelle reicher und jene, die gerade Freiwache hatten, fingen an, Kleider daraus zu nähen. Ihre Bugspriets umrundeten die letzten kleinen Inseln der Orkneys und gelangten somit ins freie nördliche Meer.

Der launische und allgewaltige Ozean schien ihnen recht wohl gesonnen und außerdem wurden sie durch eine sehr warme Meeresströmung vorangetrieben. Diese Strömung stand zwar in einem leichten Winkel zu ihnen, aber der Wind blies seitlich in die Segel, so daß sie in gut zwei Wochen Island erreichen konnten.

Einstimmig hatten sich alle Partner des Vorhabens festgelegt, die Nordroute zu nehmen, als auf dem offenen Meer ins Unbekannte zu segeln. Wußte doch niemand wie weit es wirklich war. Auch aus diesem Grund gedachte Morlay in Island alte Grönlandfahrer zu finden, die vielleicht auch bis Drogeo gelangt waren. Zum anderen dachten die venezianischen Kaufleute in Island ihre Schiffe mit Pelzen und Elfenbein zu füllen.

Die letzte Station vor der Insel Thule, wie man Island auch nannte, waren die Frislandinseln. Auf den lateinischen Karten tauchte oft der Namen Frisland für jene Inseln auf, während die Norweger auch von den Färöern sprachen. In einer geschützten Bucht der Insel Sandöe lag der kleine Fischerort Sand. Dort nahmen nur zwei Schiffe frisches Wasser an Bord. Laut den Erfahrungen der alten Islandfahrer würden sie von den Färöern noch einmal soviel Zeit bis zur Insel der Vulkane benötigen.

Wieder auf offener See, wurde diese zunehmend wilder, so daß es den Kapitänen immer schwerer fiel, den Kurs zu halten. Besonders nachts war der Himmel ständig wolkenverhangen, was bedeutete, daß sie sich nicht an den Gestirnen orientieren konnten. Wenigstens gelang es den Schiffen, untereinander Sichtkontakt zu halten.

Bei sehr regnerischem Wetter und aufgewühlter See tauchten nach über einer Woche endlich große nebelverschleierte Berge am Horizont auf. Island! Die Insel, die in der lateinischen Welt auch unter dem Namen Thule bekannt war. Sie hatten es geschafft. Das gewaltige Felsengebirge, das vor ihnen lag, bildete gleichzeitig auch die höchsten Erhebungen der Insel. Gigantisch hob sich in der Ferne das Massiv des Öraefajökull heraus. Riesige Gletscher zogen sich vom Gipfel bis fast zum Meer hinab.

Francesco, der erfahrenste Schiffer und Seemann unter ihnen führte eine gute Seekarte des nördlichen Meeres mit sich. Er hatte bis jetzt nur geringe Abweichungen, was die Inseln des großen Ozeans betraf, festgestellt. Die anderen vertrauten auf handgezeichnete Kopien, bis auf David Morlay, der im Besitz des alten geheimnisvollen Papyrus war. Harry versuchte jeden Tag, ihre ungefähre Position zu bestimmen und vervollständigte dazu seine selbstgebauten Scheiben aus Eichenholz. Inspiriert hatte ihn ja der Schiffsführer jenes Hulks, mit dem er vor einem Jahr von Sluis nach Lissabon gefahren war. Jetzt, da sie die Küste von Island vor Augen hatten, konnte er die Daten ständig mit dem Pergament, der eine Kopie von Morlays Karte enthielt, vergleichen.

Bei der Mannschaft der Golden Ross herrschte Angesichts des nahen Landes gute Stimmung. Das Ziel der Reise schien erreicht, die Hafenstädte Hafnarfjördur und Reykjavik nun nicht mehr fern. Die jungen Männer genehmigten sich sogleich eine Runde Dünnbier und sogar Gilbert, der im Mastkorb wachte, kam dabei nicht zu kurz. Er ließ ein Tau hinab, an dessen Ende die Freunde einen rindsledernen Beutel, gefüllt mit Bier, befestigten.

Zu Ehren des Tages servierte Duncan ein Mahl aus Speckbohnen und Zwiebeln, über dem qualmenden Torffeuerherd im Vorderdeck zubereitet. Zu Hause, in Schottland, war dieses Mahl nichts besonderes, aber nun geradezu ein Festessen, denn den meisten hing der ewige Schiffszwieback schon zum Halse heraus. Ihre Hühner hatten sie längst aufgefuttert.

Die Glasen oder Halbstundenwache am Ruder der Schnigge übernahmen meist zwei Mann. Sie richteten sich nach den anderen drei Schiffen. Die Genoveva, die große venezianische Karavelle des Francesco Beranelli, war am weitesten voraus und in der brausenden Gischt gerade noch so zu erkennen. Für Harry ging ganz klar aus seiner Seekarte, einer Kopie die er von David erhalten hatte, hervor, daß sie sich immer westwärts halten mußten. Auf dem Pergament war es noch ein gutes Stück an der Küste entlang bis nach Hafnarfjördur. Das steinig kahle Ufer erschien zunächst vollkommen unbewohnt. Sichtlich einleuchtend für die Männer auf See, denn hier oben war es wirklich viel zu unwirtlich.

Am Abend beruhigte sich die See wieder, aber dafür nahm der Nebel vom Land her zu. Die Schiffe verlangsamten ihre Fahrt und setzten Positionslichter. Diese brannten mit ranzigem Öl und altem Robbentran und verbreiteten einen unangenehmen Gestank an Bord. Auch mußte jetzt öfter das Lot ausgeworfen werden. Doch es bestand kein Grund zur Sorge, denn tief ging das Wasser hier vor der südlichen Küste Islands.

Am nächsten Morgen klarte das Wetter auf. Ihre Entfernung zum Land hatte sich vergrößert. Durch eine Korrektur am Ruder brachte man die Golden Ross auf neue Position. Sie mußten wohl die Südspitze der großen Insel umrundet haben, denn nun zeigten ihre Bugspriets in leicht nördlicher Richtung. Nach zwei Tagen erreichten sie die durch Leuchtfeuer gekennzeichnete Hafeneinfahrt von Reykjavik.

Die grünen Hügel waren gespickt mit vielen kleinen und lustig bunt angemalten Holzhäusern, über die hinweg weiße Schäfchenwolken zogen, um hier und da einen kurzen Schatten zu werfen.

Direkt an den Docks lag eine scheinbar endlose Reihe aneinanderliegender Fischerkähne. Davor tummelten sich in der Bucht die größeren Schiffe. Zwischen den vielen nordischen Knorren und Barken konnte man hin und wieder eine dänische, deutsche oder englische Kogge entdecken. Es sah so aus, als ob alle Liegeplätze belegt wären. Harrys Männer hatten sich alle an Deck der Golden Ross versammelt und schauten über die Bordwand. „Das ist ja ein fürchterliches Gedränge, noch schlimmer als in Edinburgh zum Jahrmarkt", piepste Geoffrey, der bei dem Anblick, der sich ihnen bot, nicht den Mund halten konnte. Er war nicht umsonst die Plaudertasche an Bord. „Versenken wir doch ein paar Engländer, dann müßte ja etwas frei werden", murrte der ruppige Hadlaf und kratzte sich dabei seinen verfilzten Bart. „Warum sind wir nicht in dem Ort dort vorne schon an Land gegangen?" fragte Will Harry „Dort lagen ebenfalls viele Handelsschiffe aus dem Süden auf Reede." Will hatte dabei gar nicht so unrecht. Die Stadt, die sie bereits passiert hatten, war Hafnarfjördur und gleichfalls ein beliebter Anlaufhafen für deutsche und englische Handelsschiffe. Jedoch mußten sich die Männer der Golden Ross nach dem Verhalten der Venezianer richten. Und wo blieb eigentlich der Lotse?

Harry überlegte. Das beste wäre, wenn David und er erst einmal an Land gingen, um in der Hafenmeisterei zu fragen, ob man sie nicht an freie Ankerplätze lotsen könne. „Wir lassen das Beiboot zu Wasser", entschied er zu Will. „John und Duncan. Ihr kommt mit mir. Wir rudern zur Melrose hinüber und dann zusammen mit David Morlay an Land, um beim Hafenmeister einen einheimischen Lotsen zu erbitten. Wenn der Lotse kommt, führst du das Schiff an Land, Will. Solange wartet ihr hier." John und Duncan hatten derweil das Boot schon zu Wasser gelassen und die drei verließen über das Fallreep die Schnigge.

David de Morlay konnte sich schon seinen Reim machen, als er sah, das sich das Beiboot der Golden Ross dem Schiff der Templer näherte. Auch er hatte bis jetzt vergeblich auf den Lotsen gewartet. Fahrt dem Boot entgegen und gebt auch den Venezianern ein Signal. Auf den Karavellen verstand man dieses Zeichen und stellte sich auf längeres Warten ein, während die vier Schotten mit ihrem Boot an Land ruderten.

Nach einigen Suchen fanden sie an den Docks des Hafens ihr Ziel. Neben einer Halle, die als Getreidespeicher und Salzlager angelegt war, stand ein größeres Holzhaus, das durch ein verschnörkeltes Schild über der Tür darauf hinwies, daß hier sich die Hafenmeisterei von Reykjavik befand. Dieses Haus betraten David Morlay, Harry und die beiden anderen.

Man schien sie zunächst zu ignorieren. Mehrere Männer standen in einem langgestreckten Zimmer und unterhielten sich über ihre jeweiligen Geschäfte. In der hinteren Ecke des Raumes stand ein Schreibtisch, an dem ein älterer Mann saß und irgend etwas in ein Buch eintrug. Als er kurz aufblickte und die Neuankömmlinge gewahrte, stand er auf und eilte ihnen entgegen. „Ehrwürdige Handelskaufleute, nehm ich an. Willkommen in Reykjavik." Er schüttelte ihnen die Hände, wobei er sich auch gleich vorstellte. „Man nennt mich Gundar Hedlefsen und ich bin hier der zuständige Hafenmeister. Man hat mir schon vom Leuchtturm die Nachricht hinuntergegeben, daß vier größere Schiffe in unserer Bucht liegen. Sie gehören wahrscheinlich euch und ich denke mal, daß ihr noch einen Platz auf der Reede sucht."

„Genauso verhält es sich, mein Herr." Harry wußte schon, warum er darauf bestanden hatte, daß der alte Templer ihn begleitet. David beherrschte die Sprache des Nordens zwar nicht perfekt, aber wenigstens so weit, daß er sich ohne Probleme verständigen konnte. „Ja, ihr habt es ja selbst gesehen, meine Herren. Dicht gedrängt liegen die Kähne hier im Hafen. Im Frühjahr und Sommer kommen immer viele Handelsschiffe aus dem Süden. Ich habe zur Zeit gerade zwei Plätze frei, die ich ihnen zuweisen könnte. Die anderen beiden müßten in der Bucht von Hafnarfjördur vor Anker gehen."

Der alte Templer und Harry wechselten einen Blick miteinander. „Das müssen wir mit den Venezianern beraten, wer von uns hierbleiben soll", meinte der junge Sinclair. Inzwischen war der Hafenmeister an das offene Fenster getreten und sah zu den Booten am Kai hinüber. „Jens", rief er hinaus. „Verdammt, der Bengel faulenzt schon wieder. Jens!" Diesmal schrie er.

Ein etwa dreizehnjähriger Junge, übersät mit Sommersprossen, erschien nach kurzer Weile im Zimmer. Voll Neugier starrte er die Fremden an. „Gibt es Arbeit, Meister?" fragte er den alten Gundar, wobei er eine entschuldigende Grimasse schnitt. Dieser war etwas ärgerlich über den Burschen. „Klar, du Faulpelz. Du sollst zwei Schiffe auf die noch offenen Plätze lotsen." Der Junge pfiff durch die Zähne „Ist klar", sagte er lachend und hatte auch schon eine Backpfeife kassiert. „Geh an die Arbeit und sei nicht immer so vorwitzig. Ich schmeiß dich raus, sollten mir noch einmal Klagen zu Ohren kommen." Jens gab den Männern ein Zeichen, ihm zu folgen. David blieb zunächst zurück und bedankte sich bei Gundar für die schnelle Hilfe. „Wir sehen uns dann nachher", rief er dem Hafenmeister noch im Hinausgehen zu. „Ich erwarte sie schon. Wir müssen schließlich noch die Fracht registrieren", antwortete jener.

Sie fuhren mit dem Jungen zu ihren Schiffen zurück, wo David den Kapitänen die vorhandene Situation schilderte. Man kam überein, daß die Karavelle unter dem Kommando von Rico Beranelli und die „Melrose" am Kai anlegen sollten. Jens meinte, daß die restlichen bis spätestens in zwei Tagen auf freie Plätze rechnen könnten.

In Island, dem Land hoch oben im Norden, hatte stets ein freies Volk gelebt, fern ab von den Wirren des Kontinents. Die Leute unterlagen hier einem langsameren und nicht so hektischen Rhythmus. Das Althing, das erste freie Parlament des Abendlandes, beschloß die Gesetze für den Ablauf des Zusammenlebens des Inselvolkes. Obwohl das Christentum auch längst an diesem Ende der Welt Einzug gehalten hatte, waren die alten Götter der Wikinger in den Menschen durch viele Sagen lebendig.

Erst im Jahre 1262 mußten sich die Wikinger des Nordens dem König von Norwegen beugen und ihm die Treue schwören. Doch Haakon VI. regierte in weiter Ferne und die Vulkaninsel ging meist ihre eigenen Wege. Nach wie vor bestimmte Fischfang und die Jagd auf Wal und Robbe das Leben hier.

Das führten die vielen Fischerkähne und Walfangboote den Neuankömmlingen deutlich vor Augen. Den Italienern schmeckte es ganz und gar nicht, nach Hafnarfjördur zurückzusegeln. Doch in just jenem Augenblick sollte den vier angekommenen Schiffen das Glück hold sein, denn mit dem Auslaufen von drei dänischen Koggen vor Sonnenuntergang gelang es ihnen schließlich, die Karavellen, die Melrose und die kleine Schnigge im selben Hafen, wenn auch an unterschiedlichen Liegeplätzen, festzumachen. Zunächst gingen nur zwölf Männer, unter ihnen die Kapitäne, an Land zurück, um in der Hafenmeisterei die Fracht und die voraussichtliche Dauer des Aufenthaltes bekanntzugeben. Die Besatzungen hatten inzwischen Zeit, Bordwände und Takelage zu überprüfen und zu vermerken, was man vor Ort erwerben müsse oder ob einfache Reparaturarbeiten selbst durchzuführen wären. Der alte Hafenmeister Gundar Hedlefsen begrüßte mit der rauhen Herzlichkeit der Nordleute seine Besucher, die Gebrüder Beranelli, David Morlay, Harry und die anderen Männer. Das Gespräch führte hauptsächlich der alte Templer. Die Italiener versuchten in Erfahrung zu bringen, wo sie am günstigsten ihre Ware aus dem Süden gegen Elfenbein von Walrossen und Walen aber auch Robben und Otterfelle eintauschen könnten. Er verwies sie an einige ortsansässige Walfänger und Kaufleute.

Schließlich stellte Morlay seine Frage über die Chance auf einen Erfolg bei einer möglichen Weiterfahrt ins westliche Meer. Der Hafenmeister hob abwehrend die Hände. „Wenn sie ein Interesse daran haben, niemals mehr zurückzukehren, bitte. Ich kann sie nicht halten. Bis auf einige erfahrene Kapitäne des Nordmeeres, die ausnahmslos alle von hier oder aus Norwegen stammen, ist noch nie ein Mann aus dem Süden auf die Idee gekommen, in diese Region zu segeln. Was wollen sie denn dort? Sie riskieren nur ihre Schiffe und das Leben ihrer Besatzungen. Die alten Kapitäne von hier, die ich kenne, haben nicht die geringste Lust, mit Fragen darüber belästigt zu werden." Irgendwie machte der Isländer einen verärgerten Eindruck, aber seine Gäste konnten nicht im mindesten ahnen, das ihr Interesse solch eine Mißstimmung hervorrufen würde.

Doch der Meister war noch nicht am Ende. „Ich kann ihnen nur eines sagen, ihr Herren. In dieser weißen Wüste wird es für sie nichts mehr geben als das Angesicht eines schleichenden Todes. Keiner auf Island gibt noch etwas auf das Leben der dortigen Menschen. Ich selber war noch nie in Grönland. Wenn ich euch einen Rat geben kann, laßt mich damit in Ruhe und fragt einen der älteren Männer hier im Hafen, die können euch am ehesten weiterhelfen." Damit endete der Hafenmeister und Reeder von Reykjavik Gundar Hedlefsen und so sehr sie sich auch mühten, eine gute Unterhaltung wie zum Beginn kam nicht mehr zustande. Später rügte Harry den alten Templer, daß es unvorsichtig gewesen wäre, so direkt nach dem Weg in den Westen zu fragen. „Wir brauchen nichts zu befürchten, Harry. Hier kennt uns keiner und ich verspreche dir, deinen Namen auch in Zukunft nicht zu erwähnen", antwortete dieser.

*

Am Abend des zweiten Tages trafen in der Kajüte des venezianischen Flaggschiffs Genoveva David Morlay, Harry und Will, die beiden Gebrüder Beranelli, sowie vier weitere Männer zu einem Gespräch über den Fortgang des Unternehmens zusammen. Trübe funzelte die Lampe und es roch nach ihrem verbrannten Öl. Die Männer saßen auf Bänken um den großen Kartentisch Francescos versammelt, gehüllt in warme Kleider und Felle, denn in dem Raum war es kaum wärmer als draußen in der klaren Nordnacht.

David de Morlay verglich zunächst den alten Papyrus mit der Seekarte des Kapitäns der Genoveva. Im Detail gab es nur wenig Ähnlichkeiten gegenüber dem jüngeren Pergament, aber die Strecke bis nach Grönland war annähernd gleich lang.

Für die Venezianer eine ziemlich eindeutige Situation. Sie wollten keine längere Zeit auf der Insel verbringen und möglichst bald nach Grönland aufbrechen. Vor allem Rico interessierte das Geschwätz über ein Land des ewigen Eises nicht. Wozu hatten sie ihre Seekarten? Man sollte die verbleibende Zeit nutzen, um sich optimal vorzubereiten. Vor allem die Mannschaften brauchten Kleider, genäht aus Seehundfellen, die sehr widerstandsfähig gegen Kälte und auch sehr wichtig gegen die Nässe seien. Jetzt könnten sie sich noch optimal ausrüsten, neue Takelage, Torf und Verpflegung einlagern. Vor allem Dörrfisch konnte man hier bei den Fischern billig erwerben. Nach der Entfernung zu urteilen, müßte es in mindestens zwei Wochen bis Grönland zu schaffen sein.

Morlay warnte ausdrücklich davor, nach reinen Längenangaben der Karten zu urteilen. Er gab zu, daß die Ausrüstung wichtig sei, aber er verwies auf das Gespräch mit dem Hafenmeister. Es wäre ein wahnwitziges Unterfangen, zumindestens ohne erfahrene Seemänner in jenes Gebiet zu segeln, indem einen höchstwahrscheinlich nur der Tod erwarte.

„Auf diese Weise könnten wir nun endlich feststellen, was euer Papyrus wert ist", entgegnete aufbrausend Francesco. Der Templer hielt ihm entgegen, daß er es immer gewesen sei, der Vorsicht über alle Maßen angemahnt hatte. Als er den Venezianer an das Gespräch in der Schenke von Gaillimh erinnerte, war dieser still. Auch die Einigung aller, vor ihrer Abfahrt aus Schottland in Island zumindest Erkundigungen einzuziehen, rief er ihm ins Gedächtnis.

Doch das lag nun schon Wochen zurück und den meisten schien es, als wären es Monate gewesen. Und in Reykjavik besannen sich die Italiener eines anderen, sie konnten wohl der Verlockung des so nahen Eislandes kaum mehr widerstehen. Das verärgerte Morlay. Er war darauf nicht vorbereitet, hatte dem Orden gegenüber Verpflichtungen, und einen Mißerfolg - nur weil einige die Zeit nicht mehr abwarten konnten - wollte er sich nicht leisten. Nun schien der Disput in eine gänzlich andere Richtung zu gehen.

Die Meinungen der anderen am Tisch spalteten die Gefährten. Natürlich begeisterte die Jüngeren die Idee, spielten sie doch mit dem Gedanken an ein Abenteuer am stärksten. Warum sollten sie nicht nach zwei Tagen aufbrechen? Hier vertrödelten sie doch nur unnötig Zeit.

Der alte Templer mahnte sie zur Besonnenheit. Er konnte sich letztlich nicht des Eindrucks verwehren, daß es den Venezianern um weit mehr als um ein Abenteuer ging. Als Kaufleute witterten sie nicht zuletzt ein großes Geschäft, obwohl David Morlay dies für äußerst abwegig hielt. Allzuwenig wußte man von den Wikingern, die an jenen Küsten leben sollten. Sicher wären sie bereit, in ihrer Notlage all ihre verbliebenen Reichtümer für Hilfe und Nahrung herzugeben. Vielleicht grassierten unter ihnen bereits Epidemien.

Versteckt brachte der alte Templer jene Argumente mit der ganzen Weisheit seines Alters vor. Er wußte, wie riskant es zum gegenwärtigen Zeitpunkt war, weiter westlich zu fahren, ohne wenigstens erfahrene isländische Kapitäne gehört zu haben.

Er sah auf den jungen Sinclair, dessen Gesicht vor Begeisterung glühte. Harry und seine Mannschaft würden, ohne zu zögern, eher heute noch als morgen die Segel setzen. Aber gerade das konnte gegenwärtig verhängnisvoll sein, denn gerade die jungen Schotten hatten noch nicht allzulange Erfahrung auf See. Und David wollte der schönen Isabella den Sohn sicher zurückbringen.

Schließlich entschied Francesco, allein und ohne die Papyrusrolle nach Grönland zu segeln. Sein Bruder sollte mit dem größten Teil der Fracht zur Sicherung des Kontors nach Lissabon zurückkehren. Die Felle und das Elfenbein würden ein Vermögen bringen. Damit verstieß Francesco jedoch gegen jederlei vorherige Abmachung. Selbst Rico gefiel der Gedanke nicht, dem älteren Bruder unbedingt zu gehorchen.

„Dies ist doch wahnwitzig." David Morlay bat ihn, nichts zu überstürzen. Doch der Venezianer war nicht von seiner Idee abzubringen. Nach langem hin und her verwarf er dann seine voreilige Entscheidung und erklärte sich nun doch bereit, mit den anderen einen alten Grönlandfahrer zu finden, der sie auf der Reise begleiten würde. Doch dazu mußten sie unter die Fischer drüben in den Schenken an den Docks gehen, soviel war klar. Und damit wollten sie morgen beginnen.

*

Tags darauf - die wenigsten von den Mannschaften waren an Bord zurückgeblieben - erfuhren die Kapitäne in einer dieser Schenken von einem alten Fischer, der ihnen zumindest weiterhelfen könnte. Morlay fand es ratsam, daß sich nur wenige auf diesen Weg machen sollten. Schließlich bestimmte Francesco seinen Quartiermeister zum Verantwortlichen für die Ausrüstung und Verpflegung auf den Karavellen. Wenig später schritten vier Männer im Hafenviertel von Reykjavik ihrem Ziel entgegen. Sie mußten lange suchen, bis sie das Haus des Fischers am Ende der Docks fanden. Der alte Mann, der auf den Namen Ulf Pöhleir hörte und der schon sichtbar etliche Stürme erlebt haben mußte, saß auf einem Steg. Seine Seehundstiefel reichten ihm weit über die Knie. Mit den derben, zerfurchten Händen flickte er gerade ein Fischnetz.

Der Templer wünschte dem Fischer einen recht schönen Tag. Ja, wahrlich, es war auch das vortrefflichste Frühjahrswetter. Die Sonne lugte immer wieder zwischen den weißen Wattewolken hervor, um die neuen Sprossen zum Wachsen zu bewegen. Der Fischer entgegnete den Gruß, kümmerte sich dann aber nicht weiter um die Fremden, sondern widmete sich aufmerksam seinem Netz. Nur manchmal ließ er seinen Blick übers Meer schweifen.

„Ich hoffe, es ist ein gutes Jahr, um zu fischen", fragte Morlay freundlich und setzte sich zu dem Isländer auf die Holzbohlen. „Ich kann nicht klagen. Man kann ganz gut davon leben", entgegnete jener und fuhr mit seiner Arbeit fort. „Ihr seid doch sicherlich nicht gekommen, um bei mir Fische zu kaufen?" sagte er schließlich. „Da habt ihr recht", antworte ihm der Templer.

„Wir wollen unsere Segel gen Westen setzen. Richtung Grönland. Könnt ihr uns jemanden empfehlen, den wir als erfahrenen Mann für diese Gewässer gewinnen können?" Ulf Pöhleir schüttelte den Kopf und widmete sich weiter seinem Netz. „Dann sagt uns doch wenigstens nur, wer etwas über die Gefahren des Seeweges weiß." Wieder kam keine Antwort. Morlay versuchte es ein drittes Mal. „Was ist's, daß ihr nicht darüber sprechen wollt?"

Der alte Seebär lachte ihn an. Er lachte sie alle an. Tief und lauthals. Doch schon im nächsten Augenblick wurde er wieder stockernst. „Ich habe keine Lust, mir später von irgend jemanden Vorwürfe machen zu lassen, daß ich es war, der euch in euer Verderben geschickt hatte", sagte er. Hart klangen die Worte und bitter.

Doch dann fügte er etwas sanfter hinzu. „Wir haben hier unsere eigenen Probleme. Ihr könnt das nicht wissen, aber es ist unwirtlicher geworden auf der Insel. Mein Vater erzählte mir einst, daß, als er noch Kind war, früher um diese Zeit alle Wiesen bis hinüber nach Thingvellir bereits mit blühenden Blumen übersät waren. Längst hat sich das geändert. Bis vor einem Monat sah man weiter draußen vor der Küste noch große Eisschollen auf den Wellen treiben. Ihr müßt wissen, daß sie eine kalte Meeresströmung, westlich von Island gelegen, von Norden her heranführt.

Tja und Grönland? Sicher, Grönland liegt irgendwo da draußen. Direkt hinter den großen Schollen. Ihr könnt es gar nicht verfehlen. Lang ist's her, daß selbst die Knaben zu ihrem Vergnügen hinüberfuhren. Heute kenne ich niemanden mehr in Reykjavik, den eine Fahrt bis dorthin begeistern könnte. Ich weiß nicht, was sie euch in den Schenken über mich erzählt haben. Früher, als ich noch Wale jagte, kam ich weit bis an die Küsten Grönlands heran. Fast das ganze Jahr über treiben dort vor den Küsten die Eisschollen. Man muß höllisch aufpassen, denn die Kanten dieser Schollen sind messerscharf und zerschneiden Holz wie Metall mühelos. Bis zu den Behausungen von Menschen bin ich nie gekommen. Längst wäre jenes Land schon vergessen, wenn es nicht da drüben jene verlorenen Seelen gäbe." Er seufzte.

„Die Kunde von den Menschen drüben auf der großen Eisinsel dringt immer spärlicher bis nach Island." „Wißt ihr, wann die letzten Schiffe in den Westen gegangen sind?" unterbrach ihn Morlay. „Das letzte größere verließ Reykjavik vor fünf Jahren. Ob die Grönländer eigene Segler besitzen, kann ich euch nicht sagen. Wahrscheinlich sind nur noch ihre Ruderboote tauglich. Glaubt mir, den Leuten da drüben geht es elendiglich dreckig. Man sagt, daß es selbst im Sommer nichts als Eis und Schnee gibt."

Der Fischer sagte es, als ob er den Ausgang jener Tragödie zu ahnen schien, der dem abgeschnittenen Volk der Wikinger im fernen Grönland drohte. Die ihn umringenden Männer konnten regelrecht eine gewisse Bitterkeit spüren, die in seinen Worten lag. Wer aus dem Süden kam, konnte diesen Menschenschlag nur schwer verstehen und zu weit lag diese Welt von einem entfernt, um das ganze Ausmaß einer schleichenden Katastrophe in den Regionen des Eises zu begreifen.

Das wettergegerbte Gesicht Ulfs blickte weit über die große Bucht, bis hin zum offenen Meer. Man sah nicht, daß er in seinen Gedanken noch viel weiter schaute, weit bis in jenes unwirtliche Land, das er niemals in seinem Leben zu Gesicht bekommen hatte. Auch er wußte, wie so viele, was die Seeleute in den Schenken erzählten. Es waren Geschichten von Entbehrungen und Krankheit, von Hunger und Tod, von Kälte und Eis.

Er konnte sich noch erinnern, daß, als er klein war, in Reykjavik Männer und Frauen aus Grönland auftauchten. Sie sahen abgezehrt und sehr, sehr müde aus. Vielleicht lebten hier irgendwo ihre Nachfahren. Doch was ging das diese Fremden an.

Geradeso, als ob er in eine Lethargie verfallen wäre, erhob er sich, wickelte sein Netz zusammen, ohne die Männer zu beachten und war im Begriff, zu seiner Hütte zu gehen. David sprach den scheinbar versunkenen Isländer an, denn so einfach wollte er ihn nicht gehen lassen. „Kennen Sie jemanden, der schon einmal in diesem Land war?" „Es gibt einige. Manche von ihnen sind Aufschneider oder waren nur kurz einmal drüben. Das beste ist, ihr geht zu dem alten Knut Olafsen. Vielleicht erzählt er euch seine Geschichte. Er wohnt drüben in Thingvellir. Das liegt auf dem Weg nach Skalholten, wo unser Bischof seine Residenz hat. Ihr müßt durch den ganzen Ort hindurch, bis ihr weit oben auf einem Berghang seine kleine Steinhütte seht. Von dort kann Knut weit ins Land sehen, bis zum großen Meer. Aber versprecht euch nicht so viel davon. Der Alte ist recht mufflig. Vor allem Fremden gegenüber ist er höchst mißtrauisch."

Nach diesen letzten Worten drehte Ulf Pöhleir sich endgültig um und verschwand, so daß jedes Wort des Dankes im Wind verhallte. Die sechs Männer blieben an den Docks zurück. Nur die Wellen des nördlichen Meeres schlugen zwischen den Fischerkähnen ans Ufer. Man hörte nur das Meer und die Schreie der Möwen.

„Nun, Francesco, bist du zufrieden?" fragte David den Venezianer. „Ihr werdet sehen, innerhalb von einer Woche finden wir einen brauchbaren Mann für uns." „Ich wäre töricht, nicht auf euren Vorschlag einzugehen", entgegnete der andere.

„Also, auf nach Thingvellir. Laßt uns dazu unsere Vorbereitungen treffen." David Morlay meinte damit, daß die Mannschaften Aufgaben für die Zeit ihrer Abwesenheit erhalten mußten und stellvertretende Kapitäne zu bestimmen waren. Sie kamen überein, höchstens mit zehn Mann am nächsten Morgen aufzubrechen.

„Wie weit ist es bis Thingvellir?" fragte Francesco. „Ich schätze, es kann nicht weit sein, aber wir sollten uns vorher noch einmal genau erkundigen. Vielleicht sind wir ja in drei Tagen wieder hier", entgegnete ihm der Templer. „Heute sollten wir alles für dieses Unternehmen ins Landesinnere klar machen, um am morgigen Tag in aller Frühe aufbrechen zu können."

Unten am Leuchtturm befragten sie die Fischer nach dem Weg. „Oh ja, Thingvellir, unser heiliger Ort, da werdet ihr ein gutes Stück brauchen", erzählten ihnen diese. Die Thingversammlung, der oberste Rat der Isländer, würde dort in bestimmten Abständen in einer Schlucht zusammentreffen, um über neue Gesetze zu beschließen. Dies wäre seit den Bindungen an die Krone jedoch nur noch stark eingeschränkt der Fall.

Für die Reise entschieden sich Francesco Beranelli, dessen Steuermann Mariello, die Templer David Morlay und Errol Eisenhand, sowie Harry und Will. Die Zurückbleibenden mußten sich derweil um die Belange der Schiffe kümmern. Dazu gehörte neue Verpflegung und Bier, Auffrischen der Torfvorräte, Anfertigen von Stiefeln, Hosen und Kapuzenmänteln aus Seehund und Otterfellen, sowie eine

Gesamtüberprüfung des Holzes, der Takelage und Segel. Wenn dann noch Zeit blieb, konnte, wer wollte, mit den Beibooten fischen gehen.

Die sechs Männer kümmerten sich dagegen ausschließlich um die Vorbereitung ihres anstehenden Marsches ins Landesinnere.

*

Am nächsten Morgen in aller Frühe begaben sie sich, nachdem auf den Schiffen alles geregelt war, jeder mit einem Kapuzenmantel aus Seehundfell, seinem Packsack und einigen Waffen wieder an Land zurück. Als erstes müßten sie jemanden finden, der ihnen Pferde leihen würde, denn die Strecke bis Thingvellir war zu Fuß etwas weit. Es würde die Gruppe zwei bis drei Tagesmärsche kosten.

Also suchte man in Reykjavik einen Pferdehändler, den stadtbekannten Hans Matthesen, auf, der in seinen Ställen die kleinen isländischen Ponys zu stehen hatte. Für einen guten Preis wurde man schnell handelseinig, jedoch verwunderte es den Händler, daß es die Fremden in das unwirtliche Landesinnere zog. So weit er sich zurückbesinnen konnte, blieben Kaufleute aus dem Süden nie längere Zeit hier, sondern verschwanden nach ein paar Tagen wieder auf See. Oftmals verließen sie gar nicht erst ihre Schiffe. Und wenn, dann nur aus zwei Gründen. Erstens um mit den Einheimischen, womöglich noch unten im Hafen, ins Geschäft zu kommen oder in einer der vielen Schenken der Stadt zu versinken.

Irgendwie kamen Hans Matthesen diese Fremden von Anfang an höchst merkwürdig und geheimnistuerisch vor. Ohne herumzufeilschen, hatte einer der sechs Männer, allen Anschein nach ein Italiener, die geforderte Summe bezahlt. Als der Klang der Münzen das Ohr des Händlers erreichte und sein Herz erwärmte, verfiel er sofort in eine beflissene Geschäftigkeit, so daß in kürzester Zeit seine Besucher mit dem Gewünschten versorgt waren.

In ihre langen dichten Kapuzen gehüllt und mit reichlich Verpflegung ausgerüstet, zogen die sechs Reiter ihren Weg, ostwärts hinaus aus der Stadt. Nachdem die Häuser endeten, ritten sie noch eine ganze Weile an weiten Wiesen vorbei, die durch lange Furchen von jahrhundertelangem Torfstich zeugten. Obwohl die Landschaft karg und baumlos war, so beeindruckte diese endlose Weite die Männer aus dem Süden. Nach Informationen aus Reykjavik müßten sie in einem Tag Thingvellir ohne Probleme erreichen. Zumal der arktische Frühling den Tag beträchtlich verlängert. Wenn das Wetter halten würde, wonach es anfangs nicht so richtig aussah, hätten sie keine Mühe. Recht bedrohliche Wolkenformationen zogen über sie hinweg, jedoch Regen blieb ihnen erspart. Im Gegenteil, man konnte immer öfter das strahlende Blau des Himmels durch die sich auftuenden Lücken sehen.

Am frühen Abend gelangte man an einen großen See, an dessen Rand man schon die Häuser einer kleinen Ortschaft erkennen konnte. Über die vom Wasser umspülten Steine trampelten die kleinen Pferdchen fröhlich der sich nähernden Silhouette am Horizont entgegen. Bald tauchten links und rechts die ersten mit Flechten bewachsenen

Steinhäuser an der Straße auf. Bei den Menschen von Thingvellir riefen die Fremden in den langen Kapuzenmänteln lebhaftes Interesse hervor. Sicherlich verdankten das die Männer dem südländischen Ausehen der beiden Italiener. Immer wieder zeigten die Männer und Frauen am Straßenrand auf Francesco und Mariello, wobei sie heftig gestikulierten. Vor allem die Kinder liefen den Reitern hinterher und riefen unverständliche Worte, die nicht einmal David Morlay übersetzen konnte.

Der alte Ulf Pöhleir hatte ihnen erzählt, daß die Hütte von Knut Olafsen an einem großen Felshang ziemlich weit oben stünde. Bald bog in dem Ort eine Straße nach links ab, die nordwärts in einer tiefen Schlucht zu entschwinden schien. Und dort, tatsächlich! Auf einem Felsvorsprung, ziemlich weit oben, konnte man bei genauerem Hinsehen eine kleine Steinhütte entdecken. „Das muß es sein", rief Will, der die besten Augen besaß, den anderen zu. Sie wendeten ihre Ponys und hatten auch bald einen Pfad gefunden, der bergan stieg. Es wurde immer steiler und unwegsamer, bis der alte Templer schließlich entschied. „Hier steigen wir ab. Nehmt die Pferde bei den Zügeln." Er saß ab und gab den nachfolgenden Männern ein Zeichen.

So gingen sie eben bergan. Der immer schmaler werdende Pfad ließ ihnen nur noch die Möglichkeit, hintereinander zu gehen. Es würde gefährlich werden, wenn die Pferde scheuen würden. Als erster ging der alte Morlay, ihm folgten Will, Harry, Errol und die beiden Venezianer.

Je höher sie gelangten, um so eindrucksvoller wurde das Panorama, das sich ihnen bot. Die Wolken hatten sich fast vollständig aufgelöst und zwischen den Resten leuchtete feuerrot die Abendsonne am Horizont. Vom Rande des Berges konnte man unendlich weit schauen. Unter ihnen lagen die Häuser von Thingvellir wie ausgestreutes Spielzeug. Auf dem großen See konnte man die vielen Fischerboote erkennen, die noch unterwegs waren. Selbst das Meer konnte man in der Ferne glänzen sehen. Die Luft erschien unglaublich rein und klar hier oben.

Die Hütte von Knut Olafsen lag nur noch wenige Schritte entfernt. Der erste konnte bereits eine Front sehen. David drehte sich nach hinten um. Er gab den anderen zu verstehen, daß es besser wäre, ein wenig auf ihn zu warten und erst auf ein Signal von ihm zu erscheinen. Die Männer - etwas außer Atem geraten - ließen sich das nicht zweimal sagen. Die unfreiwillige Pause war ihnen höchst willkommen. Während Morlay, sein Pony am Zügel führend, weiterschritt, setzen sich die Nachfolgenden an den Wegrand, um den Anblick dieses Landes zu genießen.

Unterdessen gelangte David Morlay nach oben. Die Hütte hatte nur wenig Platz auf dem Felsvorsprung. Er band das Pferd an einem Holzgerüst fest und wandte sich der Tür des Hauses zu, als er im letzten Augenblick eine Bank, die um die Hausecke stand, gewahrte.

Friedlich und versunken saß hier vor seiner Hütte ein alter Mann. Knut Olafsen. Wer sollte es auch anderes sein. Das Gesicht war genauso zerfurcht wie die bizarren Steinwelten dieser Insel. Er schenkte dem Neuankömmling keinerlei Beachtung und blickte unentwegt in die untergehende Sonne. Vielleicht bemerkte er den Templer wirklich nicht.

David, der wußte, daß er hier nicht einfach mit der Tür ins Haus fallen durfte, nahm einige Schritte entfernt auf einem Stein Platz und schaute ebenfalls in Richtung Westen. So saßen sie schweigend wohl eine ganze Weile nebeneinander, die letzte Wärme der Sonne genießend. Mal folgten ihre Augen dem Flug eines Falken, der ganz in der Nähe seine letzte Beute an den rotleuchtenden Felsen suchte, dann wieder den sich zerstreuenden Wolkenformationen am Horizont oder auch dem Glitzern des großen Sees zu ihren Füßen. Als erstes unterbrach der Herr des Berges das tiefe, wohltuende Schweigen. „Ist dieses Schauspiel nicht herrlich", sagte er, ohne auch nur einmal den Blick abzuwenden, denn längst hatte er den Fremden bemerkt, der neben ihm saß. „Ihr habt recht. Hier oben steht ihr über dieser Welt", sagte David Morlay.

„Nein, nein, ich stehe nicht über dieser Welt. Hier oben sind wir nur dem Licht näher. Und dieses Licht wärmt mein Herz." Dann ward er wieder still und starrte unverwandt in Richtung Westen. „Ich habe mir gedacht, daß ihr eines Tages kommt. Viele Geschichten gibt es über das Leben des Knut Olafsen. Eine davon hat euch hierher geführt. Leider fürchte ich, ihr kommt zu spät. Viel zu spät. Aber nichtsdestotrotz sollt ihr willkommen sein." Mit diesem letzten Satz stand der alte Mann auf und drehte sich zum erstenmal seinem Gast zu. Er wies mit der Hand den Berg hinab und sprach dabei. „Ihr könnt eure Leute holen. Ich weiß wohl, daß ihr zu sechst seid. Der alte Knut sieht alles."

Die Männer kamen langsam mit ihren Pferden herbei und begrüßten aufs freundlichste den alten Knut, der nur eine Antwort hatte. „Kommt rein und schwatzt nicht so lang. Ich verstehe ja ohnehin nicht, was ihr alle sagt."

Sie traten über die Schwelle. Durch den Qualm des Torffeuers war es schwer, etwas im Inneren der Hütte zu erkennen. Fahl war das Licht, das durch die Seitenschlitze der mit Schaffellen verhangenen Fenster drang. Am Herd stand ein altes Runzelweib und putzte Gemüse. „Wir haben Gäste, Solveig. Ich hoffe du hast etwas zu essen im Haus", polterte der Herr vom Berge seine Frau an.

„Setzt euch", und er verwies die Besucher auf zwei Bänke, die um einen Tisch aus Steinen in der Mitte des Raumes standen. Ansonsten empfange ich Fremde höchst ungern, doch bei euch mache ich eine Ausnahme." Dabei warf er dem Templer einen scharfen Blick zu.

Sie nahmen um den schmalen Steintisch Platz und es wurde so eng, daß ein jeder kaum richtig sitzen konnte. Diese aufkommende Atmosphäre in der kleinen verqualmten Hütte wirkte etwas verlegen, denn so richtig wagte niemand der Gäste etwas zu sagen. So unterhielten sich nur David Morlay und Knut Olafsen, während die anderen zumindest versuchten, einzelne Wortfetzen des Gespräches zu verstehen. Allein, sie gaben es recht bald auf und folgten nur noch der Mimik der beiden. Von Zeit zu Zeit erklärte der Templer den Gefährten die Zusammenhänge und so verging die Zeit. Auch David hatte Mühe, den Worten des alten Knut zu folgen.

Zunächst unterhielten sie sich nur über recht einfache Dinge, das Leben unten in Reykjavik, die Gefahren der Reise. David Morlay berichtete von Schottland und vom Kontinent. Im Gegenzug erzählte der alte Mann von Island, Thingvellir und den heiligen Treffen der Männer von Island. Da Knut bereits ahnte, weswegen er solch ungewöhnlichen Besuch beherbergte, flocht er geschickt kleine Episoden aus Grönland ein. Allein über sein Schicksal und den damaligen Abschied mochte er nicht sprechen, weil es ihm nur die blutenden Wunden in seinem Herz aufreißen würde. So begann er, mit seiner Sprache verworrene Bilder zu malen, so als ob er genau zu wissen schien, was die Fremden von ihm erwarteten. Es war ein Klagelied von fernen und besseren Tagen das der Gastgeber da präsentierte.

Der Templer hatte es von Anfang an geahnt. Knuts Wurzeln lagen nicht in Island. Das Schicksal hatte sie mit einem der wenigen zusammengeführt, der das große Land des ewigen Eises aus eigenem Erleben her kannte.

„Es liegt nun über vierhundert Jahre zurück, da nahmen unsere Urväter jenes ferne Land in Besitz. Von dieser Insel segelte damals der rote Erik zu den entlegenen Küsten des nördlichen Meeres. Da er und seine Männer Geächtete waren, konnte man an Rückkehr nicht denken. Schon sein Vater Thorvald wurde wegen Händel aus Norwegen verbannt. Nach nur einem Tag erreichten sie Grönland.

Nur die stärksten und verwegensten unserer Männer zog es von hier fort. Doch nichts wurde ihnen in der Fremde geschenkt. Immer wieder mußten sich die Wikinger dem Kampf gegen die Naturgewalten stellen. Auch häuften sich die Übergriffe wilder Menschen, die als Nachbarn ebenfalls in dieser endlosen Kälte wohnen. Die Skrälinger, wie man sie nennt, müssen schon seit vielen Jahrhunderten dort leben, sind sie doch dem ewigen Eis und Schnee vortrefflich angepaßt. Später, als unsere Vorfahren nach Grönland kamen, wurde die Kolonie meiner Urahnen begründet. In einem grünen Tal lebte diese lange Zeit, wenn auch voller Entbehrungen, jedes Gerstenkorn der Natur abringend, aber doch glücklich. In jenen Tagen fuhren noch viele Schiffe zwischen Island und den grönländischen Dörfern hin und her. Zuerst schien es auch, als würden die Nahrungsgrundlagen für alle reichen.

Es müssen so ungefähr jetzt an die hundert Jahre her sein, da begann ganz langsam das Gericht Gottes über sie hereinzubrechen. Warum Gott uns strafte, kann man heute nicht mehr genau sagen. Böse Zungen behaupteten, es wäre der Fluch, der auf der Sippe Erik des Roten haftet. Die Winter wurden von Jahr zu Jahr härter und mit der Zeit reichte die Kraft der knappen Sommer nicht mehr aus, die Früchte des Feldes zur Ernte zu bringen. Viele fuhren nach Island zurück. Aber auch der Seeweg wurde immer gefährlicher. Denn länger als üblich blieb das nördliche Meer zugefroren und riesige Eisschollen machten jegliche Fortbewegung zu Wasser unmöglich.

Es ist nun schon an die dreißig Jahre her, daß ich als Junge dieser Hölle entwichen bin.

Die, die jetzt noch dort leben, haben keine Kraft mehr. Sie sind ein zum Sterben verurteiltes Volk. So schließt sich der Kreis und die späte Rache der Götter traf Erik doch noch.

Ich habe das letzte Mal vor sieben Jahren von einem Schiff gehört, das von dort zurückgekehrt ist. Die Männer, die von Bord kamen, waren schweigsam und an ihren Augen konnte ich das Entsetzen ablesen.

Normalerweise ist es nicht weit bis dorthin. In einer Woche könntet ihr es geschafft haben. Doch heutzutage treiben das ganze Jahr über Eisschollen über das Meer und nur noch erfahrene Kapitäne wagen sich bis zu den grönländischen Siedlungen vor. Wißt ihr, die Schollen sind äußerst heimtückisch und ihre Kanten scharf wie Messer."

„Gibt es Wege durch das Eis?" „Das mag wohl sein. Sicherlich, sonst wären ja die anderen kaum durchgekommen."

„Könnt ihr uns den Weg zeigen?" Der Gefragte winkte ab. „Ich werde versuchen, euch zu helfen, aber nie wieder werde ich meine Füße von dieser Insel setzen. Mein Herz würde brechen, sähe ich alles noch einmal.

Abends, wenn ich auf meiner Bank vor der Hütte sitze, schaue ich weit ins Land bis ans Meer. Dann sehe ich vor meinen Augen noch das grüne Tal meiner Kindheit. Dann kommen wieder die Erinnerungen empor. Schöne, aber auch sehr schmerzliche Erinnerungen. Vielleicht verdanke ich es dem Tod meiner Eltern, daß ich heute hier lebe und glücklich und zufrieden sein kann. Ich habe beide bei einem Überfall der wilden Menschen auf unser Dorf verloren. Ich hatte noch einen alten Verwandten, der in Thingvellir lebte. So gelangte ich hierher.

Sieben Jahre später erfuhr ich von einem Seemann, dem wackeren Thorstein Föhrwald, daß die Siedlung verlassen ist und alle verbliebenen Einwohner nur noch tot vorgefunden wurden. Von da an wußte ich, daß es nur noch eine Frage der Zeit sein würde, bis die Erben des roten Erik aussterben würden.

Ich weiß, ihr werdet es schwer haben, in Island brauchbare und erfahrene Männer für euer Unternehmen zu finden. Unten in Hafnarfjördur und Reykjavik mögen es die Leute nicht besonders, wenn sie auf das Land des schleichenden Todes angesprochen werden. Zu viele, die aufgebrochen sind, kehrten nicht mehr zurück. Die alten und erfahrenen Seeleute sind entweder alt und grau oder scheuen die Reise durch das mit Treibeis übersäte Meer wie der Teufel das Weihwasser. Und in Skalholten werdet ihr nur Mönche und..." Knut verzog das Gesicht, „einige Marionetten des Norwegerkönigs finden; Landratten, die nichts von der See verstehen.

Aber einen wüßte ich trotzdem. Er lebt allerdings auch nicht an der Küste." „Wo können wir ihn finden?" fragte Morlay neugierig. „Oben an den goldenen Wasserfällen. Ich werde euch begleiten, denn schwer und gefahrvoll ist der Weg bis zu ihm. Morgen in aller Frühe brechen wir zusammen auf. Bis auf die Pferde, die bleiben hier."

Endlich war das Essen soweit. Man merkte es an dem guten Geruch, der vom Herdfeuer herüber kam. Es sollte ein ordentliches Mahl werden, denn schließlich ist der Gast etwas

Heiliges und da das Gastrecht nicht verletzt werden darf, tafelt der Hausherr alles auf, was das Herz seiner Besucher begehren könnte. Die Frau des alten Knut verteilte an jeden Gast eine Schüssel mit Hammelfleisch und Gemüse. Gewöhnlich aßen die beiden Alten karges Kraut. Aber heute?

Lange dauerte es an diesem Abend noch, bis die Männer auf die Strohballen fallen konnten. Schwer und unruhig schlief so mancher von ihnen. Vielleicht wegen des vollen Wanstes, vielleicht aber auch wegen der Erwartung, am nächsten Tag die goldenen Wasserfälle zu erleben.

*

Am Morgen packten sie ihre Sachen zusammen und nahmen ihren Weg auf in Richtung der goldenen Wasserfälle. Der alte Knut führte sie. Bald verließ die Gruppe die Straße nach Skalholten, dem weltlichen und geistigen Herz der Insel, in Richtung Norden.

Der Weg verlief über Felsgeröll, durch tiefe Schluchten und über hohe Berge. Neben dem tosenden Meer, den tollkühnen Walfängern und Fischern war dies das andere Island, die Heimat von Geysiren und Vulkanen. Unterwegs gelangten sie in Gegenden, wo ihnen die Erde immer heißer unter den Füßen wurde. Links und rechts neben dem Weg lagen Wasserlachen, denen warme Dämpfe entstiegen. Die dadurch geschaffene Atmosphäre wirkte auf die Männer geradezu gespenstisch. „Hier gibt es überall heiße Quellen", sagte Knut „Ihr könnt euch gar nicht vorstellen, wie wohltuend so ein Bad in ihnen wirkt. Erquickend und angenehm, ja reinster Balsam für mein Alter", fügte er hinzu.

Später gingen sie über ein Geröllfeld, auf dem überall dampfende Steine herumlagen. „Ganz in der Nähe befindet sich ein Vulkan." Der alte Wikinger wies auf einen hohen, kegligen Berg am Horizont. „Es hat in der letzten Zeit immer wieder kleinere Ausbrüche gegeben. Viele Leute fürchteten sich vor der Kraft des Feuers und sind deshalb hinunter in die Stadt Skalholten gezogen. Nicht so der wackere Olaf vom großen Schrickelstein. Wenn ihr einen Navigator finden wollt, der euch sicher nach Grönland geleitet, dann sprecht mit ihm. Er fürchtet nichts auf dieser Welt, nicht einmal den Tod. Deswegen ist er euer Mann. Für heute sollten wir es mit Laufen genug sein lassen. Wir brauchen keine Eile haben."

Sie stoppten und schlugen ein Lager für die Nacht auf. Knut Olafsen hatte bewußt diese Stelle ausgesucht. Unter einem Felsvorsprung hatten sie alle Schutz gegen den Regen und ganz in der Nähe gab es eine warme Quelle. „Das müßt ihr auch einmal probieren", sagte der alte Isländer zu ihnen.

Die Männer waren begeistert. So saßen sie bald alle um ein Wasserloch herum und ließen ihre Füße im Wasser baumeln. Eine angenehme Wärme durchfuhr ihre Körper. Noch mehr waren sie froh, endlich aus ihren Schuhen herausgekommen zu sein. So beendeten sie, Füße und Seele baumelnd, den Tag.

*

Am nächsten Tag wachte Harry durch ein wohlvertrautes, gleichmäßiges Geräusch verhältnismäßig früh auf. Ein Blick in den grauen Himmel verriet ihm auch, woher dieses Geräusch kam. Es regnete Strippen, geradeso, als wolle es nie wieder aufhören. Von irgendwo zog ein mächtiger Qualm her. Es mußte aus nächster Nähe kommen. Er blickte sich um. An einem Torffeuer unter dem Felsvorsprung saßen zwei Männer und unterhielten sich. Es war niemand anders als Knut und der Templer. Wahrscheinlich wollten sie die Greenhörner schlafen lassen und hatten sich deshalb etwas weiter weg gesetzt.

Der junge Mann rollte seine Decke zusammen. Dann ging er zum Feuer hinüber. „Ach, Harry", empfing ihn Morlay. „Was treibt dich schon so früh raus?" Der Angesprochene reagierte nicht auf die Frage, sondern sagte nur, etwas unausgeschlafen. „Mit dem Wetter haben wir wohl heute kein Glück." „Wir werden uns doch nicht wegen der paar Regentropfen unterkriegen lassen", entgegnete der Templer. „In spätestens einer Stunde müssen wir aufgebrochen sein. Das beste ist, du weckst die anderen. Bald herrschte unter dem Felsen regsame Betriebsamkeit und die steifen Felldecken wurden in die Rucksäcke verpackt.

Tief in ihre Kapuzenmäntel eingehüllt, machten sich die Männer auf den Weg. Die Wolken hingen zwischen den Bergen, so daß es nicht möglich war, allzuweit ins Land zu schauen. Es wurde kaum gesprochen, hatte doch ein jeder mit sich zu tun. Krampfhaft hingen die Augen auf dem Weg, denn die Steine waren glatt und rutschig. Besonders jetzt durch die von oben stetig fallenden Tropfen. Einen Sturz, der im Glücksfall nur gebrochene Knochen versprach, konnten sie sich in dieser Wildnis nicht leisten. Mit der Zeit ließ zwar der Regen nach, doch die gewaltige Wolkendecke riß nicht auf. Nur langsam stieg sie höher.

Es ging weiter über steile Bergrücken, auf denen man wieder in den Dunst zurücktauchte, durch tiefe Täler, in denen man die Wolken weit über sich ließ. Oft war der Pfad so unwegsam, daß sie nur hintereinander gehen konnten. David gab Knut recht, daß es unmöglich gewesen wäre, die Ponys mitzunehmen. Irgendwann hörten sie ein Grollen in der Ferne, das mit der Zeit immer lauter und lauter wurde. Knut Olafsen blieb stehen. „Dies sind die Gullfoss, die goldenen Wasserfälle. Von den schneebedeckten Gipfeln und Gletschern des Langjökull und des Hofsjökull kommen um diese Zeit Schmelzwasser, die den Fluß Hvita ungeheuer aufstauen lassen. Dort ganz in der Nähe hat Olaf am Abhang eines Berges, den man den Schrickelstein nennt, seine Hütte stehen."

„Stört ihn dieses Getöse nicht", fragte ihn Morlay. „Nein, sein Haus liegt in einem kleinen Seitental. Dort ist es etwas ruhiger und außerdem mag er das Brüllen der Urgewalten der Erde. Die Kraft des Wasserfalls symbolisiert den heiligen Platz der Götter." Als sie über die letzte Hügelkuppe schritten, war aus dem anfänglichen Grollen ein lauter Donner geworden. Die Geister der Erde waren auferstanden. Die Männer ringsum verstanden recht gut, was Knut meinte. Dieser Ort hatte wahrhaftig etwas besonderes.

Eine riesige Wassermenge ergoß sich über unzählige Klippen und Felsen ins Tal hinab. Es war ein gewaltiger Anblick. Das ist Island, das Land der Götter, die Insel der Vulkane, sagte ihnen Knut Olafsen. Mit dieser großartigen Kulisse im Hintergrund gingen sie langsam an den Wasserfällen vorbei in ein kleines Seitental. Nun sollte es nicht mehr weit bis zur Hütte von Olaf sein.

Die Männer waren noch nicht weit in das Tal hineingegangen, man konnte schon die Spitze des Schrickelsteins sehen. Da löste sich eine gewaltige Steinlawine über ihnen. Sie sprangen zur Seite. Jedoch die Lawine hätte ihnen kaum gefährlich werden können, denn die Steine prasselten ein gutes Stück von ihnen entfernt ins Tal. Ein lautes Lachen hörten sie über sich in der Höhe und sie hoben erstaunt ihre Köpfe. Zwischen den Felsbrocken stand ein großer furchterregender Kerl, der hämisch zu ihnen herab grinste. „Was wollt ihr von Olaf, dem Herrn der Wasserfälle." Der Gesichtsausdruck des Hünen wurde etwas freundlicher, was wahrscheinlich daran lag, weil er Knut unter ihnen entdeckt hatte. David schüttelte den Kopf. Die Venezianer wußten gleich gar nicht, was sie davon halten sollten. So ein Grobian.

Natürlich war das nicht gerade ein freundlicher Empfang. Und dabei schienen sie noch einmal mit einem blauen Auge davon gekommen zu sein, weil Knut sie hierher geführt hatte, denn die beiden verstanden sich relativ gut.

„Wir wollten den 'Herrn der Wasserfälle' fragen, ob er vielleicht ein bescheidenes Plätzchen in seinem Hause für müde und abgespannte Wanderer hat." Knut hatte bewußt die Worte etwas spöttisch formuliert, um Olaf in Verlegenheit zu bringen. Der zog etwas die Mundwinkel nach unten, ließ sich aber weiter nichts anmerken. „Du hättest ja auch einmal dein Kommen ankündigen können. Um die Zeit habe ich einfach noch nicht mit dir gerechnet", hielt er dem alten Olafsen vor. „Es tut mit leid, daß wir dich erschreckt haben, Olaf, aber diese Herren hier fragten mich nach dem besten Navigator von ganz Island", konterte dieser geschickt. Der Herr vom Schrickelstein stieg über die wenigen Steine zu der Gruppe hinab. „Warum haben sie sich dann niemand unten in den Seestädten gesucht?" Knut schmunzelte. „Ich nehme an, daß sie nicht den passenden Mann für ihr Unternehmen gefunden haben." Olaf entgegnete darauf mit einem leichten Grummeln, was andeutete, daß er nicht gerade über den Grund des Besuches erbaut zu sein schien.

Er wies auf einen kleinen, hellen Punkt unterhalb des großen Berges am oberen Ausgang des Tales. Es würde wohl noch gut zwei Stunden zu Fuß bis dorthin sein. Die Männer setzten sich wieder in Bewegung und stiegen bergan zu dem steinernen Haus von Olaf. Schon von weitem konnte man erkennen, daß er geschlachtete und enthäutete Schafe zum Trocknen aufgehängt hatte. Olaf war, so schien es, immer auf Besuch eingestellt. Um so merkwürdiger mochte es da anmuten, mit welchen Gepflogenheiten er seine Gäste empfing.

70

Noch auf dem Weg tauschten die beiden Landsleute Neuigkeiten aus, denn nur selten sahen sie sich im Jahr, meistens, wenn in Thingvellir gerade die Thingversammlung in der Allmännerschlucht abgehalten wurde. Bald waren sie an der Hütte des Hünen angelangt. Olaf lebte dem Eindruck nach hier allein. Jedenfalls konnte man keine weitere Menschenseele entdecken. Vor der Hütte standen eine Bank und ein Tisch aus Stein. Das Bild ergänzten große, verstreut liegende Felsbrocken, die wohl ebenfalls zum Sitzen dienten. Unter einem kleinen Steindach war etwas wie ein Herd gemauert, auf dem ein heruntergebranntes Torffeuer qualmte.

„Das muß ja eine sehr bedeutende Angelegenheit sein, wenn du mich mit diesen Fremden hier aufsuchst", sagte Olaf und deutete mit einer schroffen Handbewegung seinen Gästen an, sich zu setzen. „Ich habe ihnen von deiner außerordentlichen Gastfreundschaft erzählt", entgegnete etwas ironisch Knut. „Aber lassen wir das."

Olaf warf einen finsteren Blick ins Tal zurück. Er ergriff eine der hängenden Schafhälften, lachte laut und schleuderte sie auf die Steine neben dem Feuer. Dann zerlegte mit seiner scharfen Axt das Fleisch. Ab und zu drehte er sich zu seinen Gästen herum, aber gerade einmal der alte Knut erschien ihm würdig genug, um mit ihm ein paar Worte zu wechseln.

Das Alter des Hünen war schwer zu schätzen. Obwohl sein Bart das Gesicht fast überwucherte, mochte er doch rund fünfzehn Jahre jünger sein als Knut. Sicher auch jünger als der Templer. Seine nackten Arme waren von Narben bedeckt - wohl noch ein Andenken an seine Zeiten als Walfänger. Nun schien er hier unterhalb des Berges seine Behausung für immer aufgeschlagen zu haben. An der Hüttenwand hingen und lehnten allerlei Gerätschaften. Ein schwerer Hammer, Ein Spaten zum Torfstechen, mehrere Fallen und ein Jagdbogen.

„Was wollen die Fremden?" fragte er endlich Knut etwas scheinheilig. „Kannst du es dir nicht denken. Warum sind sie wohl zu mir gekommen?" antwortete ihm dieser schlau. „Welcher Teufel hat sie denn geritten, dorthin segeln zu wollen. Sie werden Weib und Kinder in ewiges Unglück stürzen." Olaf machte mit den Händen eine abwehrende Geste.

Da schaltete sich der Templer in die Unterhaltung ein. „Warum sollte es so gefährlich sein. Sind eure Urahnen nicht auch zu jenen Küsten aufgebrochen?" „Das war eine ganz andere Zeit", beschwichtigte Olaf. „Ihr wollt damit sagen, daß die wilden Wikinger, die sich vor nichts auf dieser Welt fürchteten, ausgestorben sind?" Darauf entgegnete der grobschlächtige Kerl nichts weiter und widmete sich wieder dem Zerlegen des toten Schafes.

Es entstand eine dumme Pause. Schließlich verschwand Olaf laut räuspernd im Haus und kehrte nach einer Weile mit ein paar Schaffellen heraus. „Verzeiht, daß ich euch nicht hinein bitte. In meiner bescheidenen Hütte sieht es gar fürchterlich aus." Dies klang ja schon bedeutend freundlicher. Er warf die Felle seinen Gästen zu, damit sie diese auf die Bank legen konnten, um sich darauf zu setzten.

Ohne ein Wort des Dankes abzuwarten, verschwand er erneut in der Tür und brachte schließlich einen Laib Brot sowie einen großen Krug Bier mit. „Langt zu" wies er seine Gäste an. Man merkte, daß er Mühe hatte, freundlich zu seinen Mitmenschen zu sein. Dies brachte wohl das jahrelange Leben als Einsiedler mit sich.

Während die anderen über Essen und Trinken herfielen, schnitt er ein paar Scheiben Fleisch, die er anschließend auf einen Rost über das Torffeuer legte. Dann setzte er sich hinzu. Sein Blick galt Morlay.

„Höre, Fremder. Ich weiß, ihr traut euch nicht allein durch die nördliche See. Ich kann es gut verstehen. Jahrelang habe ich Wale zwischen Island und Grönland gejagt. Wieviel Schiffe habt ihr?" „Vier", erwiderte ihm der Templer. „Große oder Kleine? Habt ihr Riemen?"

„Drei Größere und ein kleine Schnigge. Es sind reine Segelschiffe. Bei gutem Wind sind sie verdammt schnell." Olaf wiegte bedenklich den Kopf. „Darauf kommt es nicht an. Wenn ihr bei Windstille ins Treibeis geratet und ohne Riemen seid, kann es verdammt gefährlich werden. „Sollte man es nicht dennoch versuchen? Ich habe meinen Leuten versprochen," David wies auf die anderen, „daß ich ihnen den besten Navigator von ganz Island besorge."

„Ich war schon lange nicht mehr auf See. Jedes Jahr, so erzählen die Fischer unten an den Küsten, dauert die Zeit des Eises länger. Sicher, ich kenne die Gewässer und vor allem den Kurs, den ihr einschlagen müßt, um die Siedlungen Grönlands zu erreichen."

Olaf nahm den Krug und machte einen großen Schluck. Dann verließ er den Tisch, um die Fleischstücke, die er auf den Rost gelegt hatte, zu begutachten.

„Gesetzt den Fall, ich würde euch führen, was wäre mein Anteil?" rief er der Runde vom Feuer aus zu.

Francesco versprach dem Isländer ein Fünftel seines Gewinns, den er aus dem Unternehmen zu ziehen gedachte. Auch Morlay erklärte sich dazu bereit. Schließlich entschied sich Olaf, das Angebot anzunehmen.

*

Noch vor der Abenddämmerung traten sie mit Olaf wieder den Rückweg an. Nach zwei Tagen erreichten sie wieder Thingvellir. Dort legten sie einen Tag Rast ein, bevor sie sich von Knut Olafsen verabschiedeten und mit ihren Ponys westwärts weiterzogen.

Groß war die Begeisterung bei den Mannschaften, als man erfuhr, daß die sieben einen fähigen Navigator, der das Meer westlich von Island kannte, gefunden hatten. Binnen eines Tages sollte nun die Abreise erfolgen. Rico Beranelli war es tatsächlich gelungen, in der Zwischenzeit einige erfahrene isländische Seeleute anzuheuern.

So verließ der Schiffsverband Mitte Mai die Bucht von Reykjavik mit westlichem Kurs. Viele Isländer konnten sich später noch gut an jenen Abend erinnern, als sie einen der wohl prächtigsten Sonnenuntergänge erlebten. In der Ferne am Horizont sah man die Silhouette der großen Karavellen im Meer verschwinden.

An Bord der vier Schiffe herrschte eine gute Stimmung. Olaf fuhr auf der Kogge der Templer mit, da sich Morlay als einziger mit ihm verständigen konnte. Er hatte vor der Abreise noch veranlaßt, daß jedes Schiff zusätzlich mit langen Stangen und Riemen auszurüsten sei für den Fall des Falles. Das Flaggschiff, die Genoveva mit Francesco Beranelli als Kapitän hielt auf gleicher Höhe wie die Melrose. Ricos und Harrys Schiffe folgten jeweils in Abständen von einer halben Meile. Der Verbund bewegte sich sozusagen als ein Quadrat über den Ozean.

Die erste Nacht verlief ruhig und ohne Zwischenfälle. Die Abstände wurden wie üblich mit Positionslichtern gehalten. Obwohl die See etwas unruhig wurde, gestalteten sich auch die nächsten beiden Tage und Nächte normal. Die Glasen waren eintönig wie immer.

Am Morgen des dritten Tages zeigte sich die See von ihrer freundlichen Seite. Die Wolken, die gestern noch den Himmel bedeckten, hatten sich anscheinend in der Nacht verflogen. Kaum merklich bewegten sich die Wellen. Morlay ließ Wasserproben entnehmen und fühlte die Temperatur. Sie war stark zurückgegangen. „Wir kommen jetzt immer mehr in den Einfluß einer kalten Meeresströmung" sagte ihm Olaf vom Schrickelstein. Als ob es alle geahnt hätten, schrie in diesem Moment der Mann aus dem Ausguck auf das Deck herunter: „Eis voraus."

Jäh durchfuhr der Schreck die Mannschaften. Jetzt nur ruhig und besonnen bleiben. Auch auf den anderen Schiffen bemerkte man bald die neue Situation. Zuerst waren es nur kleine Schollen, doch gegen Abend zu wurden sie immer größer und dichter.

Jetzt im Angesicht des lauernden Todes wich die Begeisterung so manches Venezianers oder Schotten. Die isländischen Seeleute rieten bereits zur Umkehr. Olaf Schrickelstein erklärte sich sogar bereit, auf den ihm angebotenen Anteil zu verzichten. „Normalerweise war früher um diese Jahreszeit das Meer frei von Eis", sagte er zu dem Templer. „Wie weit ist es denn noch bis Grönland?" fragte ihn Morlay. „Noch in der kommenden Nacht müßten wir die Küste erreichen. Doch ich würde euch vorschlagen, einige eurer Segel zu reffen. Wir haben zuviel Fahrt." „Einverstanden."

Harry sah, wie man auf der Melrose begann die Segel zusammenzurollen. Er gab sofort Anweisungen, die Fahrt der Golden Ross ebenfalls zu verlangsamen. Die dreizehn jungen Männer hatten so schon alle Hände voll zu tun, denn es mußten mit den langen Stangen immer wieder Eisschollen weg gedrückt werden. Geoffrey trat zu ihm und wies hinüber zu der großen Karavelle des Francesco Beranelli.

„Die geben uns Lichtzeichen", sagte er. „Scheint, sie haben ernsthafte Schwierigkeiten." Harry schaute, nichts Gutes vermutend, zur Genoveva hinüber. Der Isländer hatte sie gewarnt, mit solch großen Schiffen ins Eis zu fahren. Sie ließen sich wesentlich schwerer manövrieren als Ruderbarken oder Knorren. Außerdem lag die Deckhöhe um einiges höher als bei Harrys Schiff, wodurch es schwieriger wurde, die Stangen oder auch Riemen einzusetzen. Dies alles wußte der junge Sinclair ganz gut und aus diesem Grund gefiel ihm nicht, daß Francesco Beranelli Leuchtsignale gab.

„Der Mast der Karavelle neigt sich" schrie Hadlaf jetzt ganz laut. „Um Gotteswillen, die Genoveva sinkt" flüsterte Harry. Zwar drehte das Schiff der Templer jetzt bei, aber um das große Flaggschiff des Verbandes zu retten, dafür war es wohl jetzt zu spät. Die Situation war von den wagemutigen Seefahrern aus dem Süden völlig verkannt worden. Das große Schiff sank schneller als jeder vermutet hätte. Die anderen ließen ihre Beiboote zu Wasser, um möglichst viele Schiffsmänner der Genoveva zu retten. Fassungslos verfolgten die Mannschaften der Melrose, der Golden Ross und der Santa Marca, wie sich das sinkende Schiff in nur wenigen Augenblicken erst auf die Seite drehte, um dann immer schneller in den Wellen der See zu verschwinden.

Etliche Schiffsmänner, die noch von Bord gesprungen waren, versuchten verzweifelt die Rettungsboote zu erreichen. Doch nach wenigen Zügen wurden ihre Bewegungen schleppender und langsamer. Die Arme schienen ihnen schwer zu werden, bis sie sich schließlich gar nicht mehr bewegten. Die Umstehenden und vor allem die Männer in den Rettungsbooten mußten - ohne helfen zu können - zusehen, wie die Seeleute der Genoveva regungslos im Wasser versanken. Warum gaben sie so schnell auf? Olaf erklärte es ihnen.

Es kam von der Kälte. Das Wasser war kaum wärmer als das Eis, das auf ihm trieb. Nach nur wenigen Augenblicken wurde ein Mensch so stark von dieser grausamen Kälte durchdrungen, daß er erstarren mußte. Jede zusätzliche Energie, die der Körper verbrauchte, machte seinem Leben schneller ein Ende. Zuerst gefroren die Arme, dann die Beine und schließlich der Rumpf und mit ihm das Herz.

Nur wenige schafften es bis in die Boote. Insgesamt wurden nur zwölf Männer aus der eisigen See gefischt. Zwei von denen starben noch in den Rettungsboten. Niemand kümmerte es in jener schrecklichen Stunde, daß am Horizont die weiße Küste Grönlands auftauchte. Jede Weiterfahrt hätte für eines der verbliebenen Schiffe auch den Untergang bedeuten können.

Rico Beranelli verlor an jenem Tag seinen Bruder - und somit auch jedes Interesse an der Fortführung des Unternehmens. Es gab nur wenige unter den Seeleuten, denen nicht die Tränen in den Augen standen.

„Wollt ihr nun immer noch weiter bis Grönland segeln" fragte Olaf Schrickelstein den alten Templer. „Dort hinten liegen bereits die ersten Eisberge." David de Morlay schüttelte den Kopf. „Ihr hattet recht. Alles, was wir zurücklassen, sind Witwen und Waisen."

Nachdem alle Rettungsboote wieder an Deck der Schiffe waren, wendeten die verbliebenen Schiffe. Das Land vor Augen, sahen sie sich gezwungen wieder umzukehren. Man hatte es nicht geschafft, eine Antwort auf die Fragen des Papyrus zu finden.

Eine Woche später befanden sich die drei übriggeblieben Schiffe bereits auf der Rückfahrt von Island nach Schottland. Olaf war in Hafnarfjördur von Bord gegangen. Die Kapitäne überprüften ein letztes Mal ihre Bestände an Pech, Tauwerk und Segeltuch und ließen die verbleibenden Laderäume mit Dörrfisch füllen. Und obwohl sie von Hafnarfjördur eine gute Fahrt machten - wohl über hundert Seemeilen am Tag - war doch die Stimmung an Bord nicht im mindesten vergleichbar mit der zu Beginn der Reise.

Wortkarg verrichteten die Schiffsmänner ihre Arbeiten an Deck. Es dauerte viele Tage, bis sie erst begriffen, daß sie gescheitert waren. Doch es sollte noch viel, viel schlimmer kommen.

Ein Licht in der Nacht

Ein Sturm tobte über die endlosen Weiten des Ozeans hinweg. Seit langer Zeit hatte es ein solches Aufbäumen der Elemente nicht mehr gegeben, so daß die Geschöpfe des Meeres verängstigt Schutz in der Tiefe suchten. Wehe der Möwe, die nicht an einem Felsen Unterschlupf gefunden hatte.

Gegen die Allmacht der Natur wirkten selbst die Schiffe wie kleine Winzlinge, Punkte menschlichen Lebens inmitten der Finsternis. Sie mußten diesem Sturm trotzen, wollten sie ihr Leben behalten. Drei Schiffe waren es, die versuchten, auf einem sprühenden, wogenden Gischtteppich ihren südlichen Kurs zu halten. Das Wetter hatte sich südlich der Frislandinseln immer mehr verschlechtert und bald darauf waren sie in diesen finsteren Sturm gekommen. Sie wirkten wie Figuren auf einem riesigen Schachbrett, die jederzeit damit rechnen mußten, umzukippen. Ihre Position zueinander hatten sie längst verloren. Die ersten Brecher löschten die großen Kienspanfackeln und das Licht der trüben Ölfunzeln war in dieser schaumerfüllten Luft ohnehin nicht allzuweit sichtbar.

„Oh Gott, steh uns bei", murmelte Harry. Er sah hinüber in die Richtung, wo er die Melrose gerade hatte verschwinden sehen. Die Männer an Bord der kleinen Schnigge kämpften einen verzweifelten Kampf. Jeder von ihnen hatte sich seine Kutte aus Seehundfell übergeworfen, die Kapuze tief ins Gesicht gezogen.

Wie eine Nußschale wurde das Schiff von haushohen Wellenbergen hin und hergeworfen. Jeder an Bord versuchte seine Aufgabe, so gut es ging, zu erfüllen. Die Gesichter waren angespannt. Ein Großteil der Takelage sowie der Vorräte war sicher verstaut. Aber würde das Schiff halten? Das größte Unglück wäre ein Mastbruch.

Ströme von Wasser verschwanden im Schiffsrumpf. Die Männer schöpften verzweifelt das eindringende Wasser aus der Kajüte, den Laderäumen und Schlafbutzen. Allein gegen die fürchterlichen Brecher waren sie machtlos. Jeder, der sich noch auf dem Oberdeck befand, mußte sich mit Seilen sichern, um nicht über Bord zu gehen.

„Harry!" Laut gellte ein Ruf durch die Finsternis. Harry, der zusammen mit dem riesigen John versuchte, den Rest der Ladung an Bord zu vertäuen, blickte sich um. Will stand entgeistert am Eingang des Vorderkastells und zeigte in Richtung des Hecks. „Harry, das Ruder." Der junge Kapitän sah durch die sprühende Gischt und begriff sofort die ganze Tragik.

Niemand stand an der Ruderpinne der Golden Ross. Sie hatten Hadlaf und Gilbert verloren! Obwohl sich die beiden mit Seilen festgezurrt hatten, waren sie über Bord gespült worden. Kein Wunder. Die Holzreling war zum großen Teil weggesplittert.

„Mach weiter John", schrie Harry. „Und gib mir etwas mehr Seil."

Harry kämpfte sich zum Heck durch. Mehrere Brecher gingen über Bord. Als er die Treppe neben der Kajüte erreichte, verlosch das letzte Licht einer trüben Ölfunzel. Nun war es fast völlig finster an Bord der Golden Ross. Er krallte sich an der Treppe fest und zog sich Stufe um Stufe nach oben. Er kroch nur noch, um so zu verhindern, von den

Brechern mit fortgerissen zu werden. Als seine Hände endlich die Ruderpinne umklammerten, stemmte er sich mit seiner ganzen Kraft dagegen, um das Schiff mit dem Bugspriet gegen die Wellen zu halten. Es gelang Harry tatsächlich, den Bug der Schnigge etwas zu drehen, so daß die Brecher wieder mehr von vorne und nicht mehr so stark von Steuerbord über Deck gingen. Damit schien zunächst die Gefahr des Kenterns beseitigt. Und Gott sei Dank war das Schiff nicht so lang, daß es auf der Spitze eines Wellenberges auseinanderbrechen könnte.

Nun hätte man meinen können, man wäre noch einmal davongekommen. Doch es kam noch schlimmer. Mit dem tosenden Sturm, der das Wasser zu Bergen von zwanzig Fuß und mehr auftürmte, ging auch ein gar fürchterliches Gewitter einher.

Mit Entsetzen sahen die Männer, wie fürchterliche Blitze aus nächster Nähe neben dem Schiff niedergingen. Sie kämpften wie die Besessenen gegen die Gewalt des Meeres an. Es war ein grausamer, ungleicher Kampf. Unentwegt wanderten die Eimer nach oben, die, kaum entleert, sofort wieder gefüllt wurden. Da alles vertäut war, hatten alle beim Schöpfen mitzuhelfen, so daß sich auf dem Oberdeck außer Sir Henry kein einziger mehr befand. Will, der als letzter in der Eimerkette oben in der Pforte vom Vorderdeck stand, fürchtete nach jedem Brecher, daß der Freund für immer aus seinen Augen verschwinden würde. Ohnehin konnte man ihn nur schwach in dieser Finsternis sehen, aber Will wußte, daß Harry ihre einzige Chance war.

Da ließ ein tagheller Blitz, zeitgleich mit einem ohrenbetäubenden Donnerschlag, alle an Bord der Golden Ross bis ins Mark erbeben. Die Männer sahen im nächsten Augenblick, wie der Mast splitterte und in halber Höhe abknickte. Flammen züngelten empor. Für einen Augenblick war nichts mehr zu erkennen.

Erst als die hereinbrechenden Fluten Rauch und Feuer löschten, wurde aus ihrer Angst schreckliche Gewißheit. Der Platz am Ruder war leer. Die See hatte Sir Henry Sinclair von ihnen genommen.

Den anderen beiden Schiffen erging es in dieser Nacht nicht viel besser. Die Kogge der Templer verlor allein fünf Mann. Nachdem der Sturm sich gelegt hatte, wurde das ganze Ausmaß der Katastrophe offenbar. Nach Stunden fanden die Venezianer die Melrose und auf beiden Seiten herrschte Freude darüber, den Sturm überstanden zu haben, doch um so besorgter zeigte man sich, daß von der Golden Ross immer noch nichts gesichtet wurde. Zwar war die Karte in Sicherheit, aber David Morlay und Rico Beranelli waren sehr skeptisch, was Harry und seine Männer betraf. Am kommenden Abend erreichten sie die Orkneyinseln.

David fiel zuerst ein helles flackerndes Licht am Horizont auf. Immer näher rückten die felsigen Ufer und bald konnten sie zu ihrem Entsetzen erkennen, daß es sich um ein gestrandetes Schiff handelte. Sie ankerten in der Bucht und setzen drei ihrer Beiboote aus. Als sie über die Wellen auf die Küste zuruderten, sagte der alte Morlay tonlos zu Errol Eisenhand. „Das sind die Überreste der Golden Ross. Ich ahne Schreckliches." Alle schwiegen entsetzt.

Am Ufer winkten ihnen ein paar Gestalten zu. Tatsächlich. David erkannte deutlich den großen John. Der eine konnte William MacLarren sein. Aber wo war Harry? Nur noch wenige Längen trennten das erste Beiboot vom Ufer.

Bald sollte David Morlay, Errol Eisenhand und den anderen die schreckliche Gewißheit offenbar werden. Von Harrys Männern hatten nur Will, John, Geoffrey und Duncan überlebt. Die anderen sowie ihr Schiff forderte das Meer. Der schmerzlichste Verlust war jedoch der junge Clanhäuptling selbst.

*

Etliche Meilen weiter nördlich von den Gestrandeten entfernt trieb ein Teil eines Schiffsmastes auf den Wellen der Küste zu. Etwas klammerte sich an diesen Mast, so als wäre es geradezu mit diesem Holz verwachsen. Es sah aus wie eine Robbe, doch das machte keinen Sinn, da es sonst schwimmen würde wie eine Robbe. Und doch sah man eine Flosse, die wieder mal hier dann da auftauchte. Die vermeintliche Robbe war nichts anderes als ein Mensch, der eine Kutte aus Seehundfell trug. Er schien das Bewußtsein verloren zu haben. Die Flosse gehörte einem Wal, einem weißen Narwal, der offensichtlich versuchte, den leblosen Körper, zumindestens dessen Kopf, über der Wasseroberfläche zu halten.

Doch mit einem Male hielt der freundliche Helfer des Menschen inne und verschwand kurz darauf in den Tiefen des Meeres. Der Mast drehte sich und das Bündel im Robbenfell tauchte unter, um im nächsten Augenblick wieder zu erscheinen. Der Mann, denn es war ein Mann, erwachte gerade noch rechtzeitig aus seiner Bewußtlosigkeit. Viel Bewegungen machte er nicht, denn die stundenlange Kälte war in die letzten Winkel seines Körpers gekrochen. Er sah vor sich ein Boot auf den Wellen schaukeln und dahinter eine felsige Küste. Doch der Mann war zu steif, um sich bemerkbar machen zu können. So spürte er nur noch ganz schwach, wie jemand seine Hand ergriff. Sein Retter war niemand anderes als Bill Wilson, der alte Fischer.

*

Wochen gingen ins Land. Heftig und ununterbrochen wehte der Wind auf den westlichen Klippen der Inseln des großen Orc. Es dauerte lange Zeit, bis der junge Mann aus seiner Bewußtlosigkeit wieder erwachte. Als erstes hörte er das Rauschen der nahen See und das Schreien der Möwen. Er war irgendwo am Meer. Der helle Tag erleuchtete die Mauern des Raumes, in dem er lag. Schemenhaft nahm er die Umrisse des Zimmers auf.

„Wo bin ich?" hörte er sich selber fragen. „Ihr braucht Ruhe", antwortete ihm eine Stimme. Ein gutmütig lächelndes Frauengesicht blickte in sein Gesicht. Sie saß wohl am seinem Bett. Ihre Augen erschienen ihm so merkwürdig starr und leblos und trotzdem geheimnisvoll. Dann hob die Frau den Kopf, um mit trauriger Miene durch das offene Fenster in Richtung See zu blicken. „Lange habt ihr zwischen Leben und Tod geschwebt. Doch Gott hat entschieden, daß ihr leben sollt."

„Warum schaut ihr so traurig?" fragte der Liegende schwach. „Ich habe noch nie jemand so traurig schauen sehen." Sie antwortete nicht und stand immer noch am Fenster. Es mußte relativ kühl in dem Raum sein, denn sie trug einen langen grauen Wollmantel. Der junge Mann spürte den frischen salzigen Geschmack der Luft, die vom nahen Meer herüber wehte. Er selbst war in dicke Schaffelle gewickelt und fühlte sich, als ob er eine Ewigkeit geruht hätte. Von Zeit zu Zeit fielen die Sonnenstrahlen durch das Fenster. Die Sonne. Wie lange hatte er schon nicht mehr ihr helles Licht gesehen. Die Gestalt am Sims sah nur noch wie ein verschwommener dunkler Fleck aus, der vor einem leuchtenden Tor stand. Er versuchte sich an irgend etwas zu erinnern, aber in seinem Kopf befand sich nur eine unendliche Leere. So wanderten seine Augen in dem hohen Raum umher. Allein er fand nichts Vertrautes und so wandte er sich wieder dem Fenster zu.

„Ihr habt Glück gehabt. Es kommt selten vor, daß Schiffbrüchige an dieser Insel stranden. Meistens treibt es sie weiter südlich an die hohen Klippen von Hoy, wo sie verloren sind", sagte die Frau leise. Ihre Sprache klang seltsam, so daß der Mann Mühe hatte die Worte zu verstehen. Sie flüsterte fast unhörbar. „Ich habe das Gefühl, daß euer Schicksal auf seltsame Weise mit dem unserer Inseln verwoben ist. Fragt nicht wieso und warum. Ich weiß es selbst nicht genau."

Sie blickte unverwandt auf das Meer hinaus. Der junge Mann war verwirrt. Er begriff den Sinn der Worte nicht, die von jenem dunklen Fleck vor dem leuchtenden Tor stammten. „Seid ihr eine Hexe?" fragte er erstaunt.

„Nein. Das Leben ist recht hart und einsam hier. Man hat Zeit, Dinge zu betrachten, die einem sonst für immer verwehrt bleiben. Aber diese Abgeschiedenheit legt einem auch eine seltsame Trauer ins Herz, eine Trauer, die anderen Menschen fremd ist."

„Warum geht ihr dann nicht fort von hier", entgegnete der junge Mann. „Weil mein Schicksal untrennbar mit diesem Ort verbunden ist", erhielt er darauf als kurze Antwort vom Fenster. Das Sprechen strengte ihn an. Trotzdem wollte er wenigstens noch wissen, an welchem Ort er sich befand. „Wo bin ich hier?"

„Ihr seid auf Ork Skerry, einer sehr kleinen Insel nördlich von Schottland. Sie gehört zu einer Gruppe, die die Inseln des großen Orc oder des wilden Bären, wie die Wikinger sagen, genannt werden." Der große Fleck kam wieder näher und bald hob sich deutlich das traurige Frauengesicht ab. Sie trat an sein Bett. „Davon müßt ihr mir noch mehr erzählen", sagte der Mann. Schwach kamen seine letzten Worte über die Lippen und er fühlte sich mittlerweile unendlich müde. Die Stirn brannte ihm heiß. Eine Hand faßte sanft über seine Stirn. „Ihr habt Fieber. Ruht jetzt besser."

Schwere Fieberphantasien plagten den jungen Mann und so vergingen wohl noch mehrere Tage, in denen er zwischen den Tiefen der Finsternis und den Pforten des Himmels schwebte. Doch in den Augenblicken, in denen er erwachte, saß immer wieder jene Frau mit dem selben traurigen Antlitz an seinem Bett.

Dann sprachen sie über einfache Dinge und so erfuhr er, daß er sich auf einer hohen Burg auf einer kleinen Insel befand. Seine Pflegerin hieß Johanna und die Worte, mit denen sie zu ihm sprach, entsprangen einer eigenartigem Mischung aus Gälisch und Norwegisch; dem Norn. Auf die Frage, was ihr Mann denn wohl täte, antwortete sie, er wäre nur ein einfacher Fischer. Ein bißchen seltsam mutete es schon an, daß ein Fischersmann in solchen Mauern lebte und nicht in einer armseligen Hütte.

Der Kranke erfuhr, daß außerhalb der Burg keine Menschenseele auf dieser Insel wohnte. Ja, das felsige Eiland war so klein, daß man es an gut einem halbem Tag umlaufen konnte.

Nach und nach konnte der junge Mann die einzelnen Gegenstände im Raum schärfer wahrnehmen. Er war mehr als spartanisch eingerichtet. Außer dem Bett standen nur noch eine Truhe und eine Bank an der Wand. An Haken hingen Kleider aus Leinen und Wolle, Kutten mit Kapuzen aus Otter- und Seehundhäuten. Die Fenster waren mal durch Felle verhangen, wenn das Wetter schlecht war, mal offen, so daß die Sonnenstrahlen weit ins Zimmer fielen. Der Schleier auf seinen Augen, hervorgerufen durch das Fieber, löste sich allmählich. Um so deutlicher und klarer erkannte er nun auch seine Pflegerin. Johanna wirkte gut zehn Jahre älter als er und hatte immer diesen seltsamen starren und traurigen Ausdruck im Gesicht, egal ob sie sprach oder schwieg.

Jedesmal, wenn der junge Mann erwachte, unterhielten sich die beiden ein bißchen länger. Er fühlte zunehmend, wie die Kräfte in seinen Körper zurückkrochen. Sie brachte ihm Brot aus Hafer oder Gerste oder eine Grütze mit Flechten und Kräutern, dazu gesalzene Heringe. Zu Trinken bekam er entweder würzige Kräutersuds oder einen Becher Dünnbier. Sie erzählte ihm von den Inseln, auf denen er sich befand. Er wunderte sich, niemals etwas von den Orkneyinseln gehört zu haben. Nicht einmal die Frage, woher er stamme, konnte er beantworten. Der junge Mann konnte sich einfach an nichts erinnern. Nicht an seine Heimat. Nicht an jene letzte Nacht im Sturm. Ja, nicht einmal an seinen Namen.

Eines Morgens fragte er seine Pflegerin nach den Umständen seiner Rettung. Sie berichtete dem Verwunderten, daß ihr Mann ihn unter merkwürdigen Umständen im Meer treibend gefunden hatte. „Es hatte gerade ein schweres Unwetter die Küsten der Orkneys erschüttert als mein Mann auf die Robbenjagd ging. Um diese Jahreszeit sind besonders viele Robben in unseren Gewässern. Er war gerade in Sichtweite von der Küste entfernt, als seine Augen einen großen Fisch gewahrten, der durch die Wellen dahinglitt und mit einem Stück Holz zu spielen schien. Wahrscheinlich ein Wal, denn Wale sind sehr neugierig und verspielt. Aber es war noch etwas anderes, was ihn seinen Atem anhalten ließ. Ein Narwal - ihr müßt wissen, daß er ein langes elfenbeinernes Horn trägt - stupste einen scheinbar leblosen Körper, der sich an das Holzstück klammerte, immer wieder nach oben.

Geschichten von der wundersamen Errettung Schiffbrüchiger durch Wale sind immer wieder einmal aufgetaucht. Doch glaubt man es erst, wenn man selbst so eine Situation erlebt. So auch mein Mann. Recht wohl war ihm nicht, denn der Wal steuerte direkt auf sein Boot zu, das er durchaus hätte zum Kentern bringen können. Doch als das Tier auf Harpunenweite herangeschwommen war, tauchte es ab. Der Körper eines jungen Mannes, gehüllt in Robbenfelle, trieb mit einem Stück von einem Schiffsmast gegen die Wand des Bootes.

Bald darauf brachte euch mein Mann in den Schutz der Mauern dieser Burg und übergab euch meiner Obhut. Ihr hattet schwere Kopfverletzungen und wart lange ohne Bewußtsein. Einer ganze Kette von Umständen verdankt ihr euer Leben. Ohne die enganliegenden Kleider aus Seehundfell wäret ihr sicherlich früher an einer Unterkühlung gestorben."

Der junge Mann konnte sich darauf nichts zusammenreimen. Wie kam es, daß er mitten in der stürmischen See trieb und von einem Fischer gerettet wurde, der obendrein noch Besitzer einer eigenen Burg war. Er mußte mit einem Schiff in den Sturm geraten sein. Aber auch nicht der kleinste Funke von Erinnerung brachte ihm nur den leisesten Gedanken an sein früheres Leben.

Er fragte nach ihrem Mann und wo er sich denn befände, da er doch als einfacher Fischer keine großen Verpflichtungen hätte. „Das ist schon richtig", entgegnete sie. Normalerweise würde er das ganze Jahr über hier sein. Nur im Spätfrühling gäbe es eine Zeit, wo er regelmäßig nach Schottland reise. Sie erwartete seine Rückkehr mit jedem Tag.

„Schottland, sagt wo liegt das!" fragte der junge Mann. „Das werdet ihr noch früh genug erfahren. Nach eurer Sprache zu urteilen, seid ihr nämlich entweder Schotte oder Engländer. Die schottische Küste liegt nicht weit von hier", antwortete sie mit ruhiger Stimme. „Seltsam, seltsam", dachte er. „Schottland!" Doch so sehr der junge Mann sich anstrengte, es fiel ihm nicht ein, wo er herkam und wie es ihn auf diese Inseln verschlagen hatte.

Mit der Zeit kehrten die Kräfte zurück, so daß er sogar aufstehen und in den Hallen der Burg ein- und ausgehen konnte. Es war eine kleine Burg; kalt, zugig und finster. Der Seewind pfiff durch die schmalen Gänge und offenen Fensterschlitze. Der ganze Bau machte einen armseligen Eindruck. Die Fugen zwischen den Steinen waren mit Lehm und Torf verschmiert. Überall wo die Sonne hingelangte, wucherten Moose und Flechten.

Das Wohnhaus besaß nur zwei Stockwerke mit wenigen Kammern. Im zweiten Stockwerk befanden sich die beiden einzigen beheizbaren Räume, eine kleine Halle mit einem breiten in die Wand eingelassenen Kamin. Über ein paar Kacheln wurde die Wärme eines Torffeuers an das Nachbarzimmer abgegeben. In dem hatte der junge Mann seine Lagerstatt. Darüber schloß sich das Dach an; ein massives Gewölbe aus Stein. Im unteren Stockwerk waren die Küche, die Ställe für die Schafe, sowie ein Bootsschuppen untergebracht.

Die Burg war zur Seeseite mit einer fünf Fuß hohen Steinmauer umgeben. Sie diente weniger dem Schutz vor Feinden als mehr einem Wetterschutz für den kleinen Innenhof, der sich vor dem Wohnhaus erstreckte. Unterhalb der Mauer fiel eine Klippe steil zum Meer hinab, wohl an die dreißig Yards. Kein Feind konnte auf diesem Weg sich der Burg nähern. Da sie auf einem Vorsprung mitten in einer gewaltigen Felswand stand, boten die Felsen auch zum Land hin einen natürlichen Schutz.

Der einzige Angriffspunkt lag auf der Seite, wo sich auch der einzige Zugang befand, nämlich in Richtung Süden: ein großes Tor aus massivem Holz. Nirgendwo sonst innerhalb dieses Baus aus Stein, Lehm und Torf war soviel Holz verarbeitet worden. Über dem Tor befand sich ein kleiner windschiefer Wachturm.

Ein acht Fuß hoher Wehrgang führte links des Tores bis zum Rand der Klippen und rechts bis zu den steil sich in die Höhe erhebenden Felsen. Vom Innenhof gelangte man über eine kleine Treppe auf diesen schmalen Wehrgang auf dem gerade einmal eine Person entlang gehen konnte.

Wenn man aus dem Tor trat, führte ein Pfad in die Bucht hinunter, wo der Liegeplatz für die Boote war und ein anderer hinauf zu dem Hochplateau der Insel, wo - wie Johanna erzählte - die Schafe auf sattgrünen Weiden standen.

Der junge Mann bemerkte recht bald, daß auch ein altes Paar im unteren Teil des Hauses lebte. Er - sein Name war Sven - kümmerte sich wohl um die Schafe, während sein Weib Gutrid die Herrin des Hauses bei allerlei Arbeiten unterstützte. Der fremde Gast auf Ork Skerry sah die beiden nur selten und auf seine Fragen antworteten sie einsilbig, ja fast verstört. Es lag wohl auch daran, daß ihnen auf Grund ihres Alters so mancher Zahn im Munde fehlte, so daß man ihr Norn kaum verstehen konnte.

Der junge Mann war somit tagsüber weitgehend sich selbst überlassen. Mit Vorliebe setzte er sich an den äußersten Rand des Wehrganges - dort wo sich die kleine Mauer zur Klippe hin anschloß - und schaute aufs Meer hinaus. Hier wehte der starke Seewind durch sein Haar und abwechselnd galt sein Blick den dahintreibenden Wellen des Meeres oder dem Strand, wo die Brandung toste.

*

Es war jetzt schon der dritte Tag, an dem der junge Mann tief in sich versunken am Ende des Wehrganges, der zur See zeigte, saß. Er ließ die Beine baumeln und warf kleine Steinchen in die unter ihm schäumenden Wellen. Immer noch wußte er nichts von seiner Vergangenheit; er kannte weder seinen Namen noch seine Herkunft.

„Versucht euch zu erinnern. Vielleicht erzählen euch die Wellen und der Wind etwas." Der Mann ließ das Steinchen fallen, das er gerade in seiner Hand hielt und sah sich um. Neben ihm stand an den Zinnen, diesmal in einem langen schwarzen Kleid, die Herrin des Hauses.

„Ich sehe aufs Meer hinaus und spüre den salzigen Geschmack der Luft" entgegnete er. „Aber ich spüre nichts als eine endlose Weite und Leere in meinem Kopf. Doch beunruhigt sie mich nicht. Ich glaube, ich habe mich in meinem ganzen vorherigen

Leben noch nie so unendlich zufrieden gefühlt. Von Zeit zu Zeit scheint mir die Sonne aufs Haupt und seltsame Träume schießen mir durch den Kopf. Aber ich kann sie nicht erklären, ja, ich habe fast das Gefühl, daß sie nichts mit mir zu tun haben, daß ich nur ein Beobachter bin. Dann schaue ich wieder aufs Meer und alle Gedanken verschließen sich meinem Geist. Oder könnt ihr mir sagen, was ich sehen soll."

Er wandte ihr sein Gesicht zu. „Sehen ist nicht alles", entgegnete sie. Schließt eure Augen und hört doch einfach darauf, was das Meer euch zu sagen hat." Johanna drehte nun auch ihrerseits den Kopf, so daß sie sich ansahen. Der junge Mann erschrak. Wieder bemerkte er es. Jene traurigen, ja seltsam schönen, aber starren Augen. Da verstand er plötzlich. Warum war ihm das nicht schon früher aufgefallen.

„Habt ihr es nicht schon längst gewußt." Er schwieg, weil er nun endlich um das schreckliche Schicksal der Herrin dieser Burg wußte „Ich bin blind. Nach all den vielen Jahren meines Lebens weiß ich nicht mehr, ob es ein Fluch oder ein Segen ist, daß ich nicht sehen kann." Es folgte eine kurze Pause und beide wandten ihr Antlitz wieder der See zu.

„Als ich ein kleines Mädchen war, überlebte ich nur knapp einen Sturz auf der Burg meines Vaters. Dadurch bin ich seit meinem zwölften Lebensjahr ohne Augenlicht. Die Mauern, auf denen wir stehen, gab es damals noch nicht. Mein Mann hat die Burg ausbauen lassen von dem Geld, das er in Schottland verdiente. Freunde von den umliegenden Inseln haben ihm dabei geholfen. Früher stand hier nur ein gut befestigtes Steinhaus, das gut geschützt auf diesem Felsen lag. Seit ewigen Zeiten lebt unser Clan auf dieser Insel."

Erstaunt hatte der junge Mann ihre Worte vernommen. Doch vieles erschien gar zu verworren: „Wie kommt es, daß sich je ein Clan auf dieser unwirtlichen Insel niedergelassen hat? Und wo sind die Häupter eures Clans geblieben? Ich habe bis jetzt drei Menschen auf dieser Burg angetroffen. Wie ist denn der Name eures Clans?"

„Der Name meines Clans... Es ist schwierig, euch einen Namen zu nennen. Wisset aber, daß einer meiner Urväter einstmals ein großer Wikingerfürst gewesen ist. Doch reicht unsere Ahnenkette noch sehr viel weiter zurück, lange bevor die Wikinger hierher, aber auch die Skoten nach Schottland kamen. In diesen früheren Zeitaltern bestand hier an diesen Küsten das untergegangene Königreich des großen Orc. Es war von einem tiefen inneren Frieden der Menschen bestimmt. Habsucht, Neid und Krieg waren unbekannt. Doch über die Jahrhunderte kamen immer öfter kriegerische Völker über das Meer und kämpften gegen uns. Sie waren gewaltig und schrecklich in ihrem Auftreten. Die ersten - wilde Horden - plünderten nur. Dann eroberten ihre Heere die Inseln und schließlich siedelten ihre Stämme hier. Weit brachten sie es. Sehr weit. So weit, bis sie letzen Endes unsere Herzen besiegten und wir genauso wurden wie sie. Es war ein lange währender Prozeß, der das Königreich des Glücks nach und nach zerstörte. Die Nachfahren, die das Andenken an jene Tage aufrecht erhalten wollten, zogen sich in die Einsamkeit zurück. So nach und nach verschwanden sie oder verschmolzen mit den Eroberern im Lauf der

Zeitalter. Doch was blieb war immer die Sehnsucht der Menschen nach jener früheren glücklicheren Zeit.

Ich weiß von meinen Vorvätern, daß sie Nachfahren jener Urstämme waren, die in frühester Zeit diese Inseln bewohnten. Die Barden der Orkneyinseln kennen unsere Geschichten. Vielfältig ausgeschmückt erzählen sie diese in den kargen Fischerhütten und Schenken der Orkney- und Shetlandinseln, besonders an den langen Winterabenden. Das Inselvolk verehrt seit jeher die Nachfahren des großen Orc wie die Erben eines versunkenen Königreiches, eines guten und gerechten. Denn du mußt wissen, daß das Leben hier sehr hart ist. Außer Fisch, etwas Brot und vor allem Grütze kommt kaum etwas anderes auf den Tisch des einfachen Mannes. Und selbst in Kirkinvaghe lebt man nicht viel üppiger. Immer wieder versuchten einige der Männer auf den Inseln ihren Lebensunterhalt mit der Seeräuberei zu bestreiten. Männer, die ohne zu fragen morden, plündern und rauben. Auch dieses Gesicht gehört zu den Orkneys."

Der junge Mann nickte mit dem Kopf: „Ich glaube euch gern, daß das Leben hier recht hart ist. Fegt doch ständig ein starker Wind über die felsigen Klippen. Nicht einen Baum hat mein Auge bisher erblickt. Sicher wäre er auch nicht dem ständigen Druck dieser Gewalten gewachsen." Dann nahm er ein Steinchen und warf es weit hinaus. „Aber das ihr euch untereinander mit Raub und Plünderung das Leben zur Hölle macht..."

„Ihr habt Recht. Leider ist es so." antwortete sie. „Kommt ihr aus einem Land, in dem es viele Bäume gibt?" Der junge Mann war von dieser plötzlichen Wendung überrascht. „Bäume?" „Ja, spracht ihr nicht eben davon? Ich bin gewiß, daß sie ein Schlüssel zu eurem früheren Leben sind." „Na schön. Und wie weiter?" „Schließt die Augen; schließt die Augen und sagt was ihr seht."

Über dem Meer begann sich eine schnell heranziehende Regenwolke vor die Sonne zu schieben. Der junge Mann lächelte, aber er tat, um was ihn die Frau bat. „Sicherlich habt ihr euch gewundert, wie ich überhaupt wissen kann, was Bäume sind. Ich erinnere mich nur schwach an meine frühere Heimat. Vieles taucht im Unterbewußtsein auf. In Schottland gibt es nämlich Bäume. Wenn ich die Augen schließe, sehe ich so etwas wie endlose grüne Wälder." „Das ist gut. Was seht ihr noch?" „Ich glaube, ihr müht euch vergeblich", entgegnete der junge Mann. „Nun konzentriert euch doch", erhielt er zur Antwort. „Was seht ihr noch?"

„Es wird finster in dem Wald. Irgendwo zwischen den Bäumen taucht eine Burg auf. Aber die Nacht senkt sich schneller hernieder als mir lieb ist. Ich höre ein Rauschen." „Was für ein Rauschen?" fragte sie. „Es klingt wie das Dahinplätschern eines Baches, der sich zwischen Felsgestein seinen Weg bahnt." „Könnt ihr den Bach sehen oder nur hören?" „Es ist jetzt ganz dunkel und ich kann ihn nur hören, nur ein heller Schein schimmert durch die Bäume, Er wird größer. Seltsamerweise ist das Licht wunderbar warm, fast rot, möchte ich sagen." „Ihr geht auf dieses Licht zu?" „Ja und ich spüre, daß ich einen unsichtbaren Begleiter habe." „Seht ihr, woher der Lichtschein kommt?" „Ja, ich stehe jetzt am Rande einer Treppe aus Stein. Unter mir fließt ein Bach. Rötlich schillert das Wasser im Glanze eines Feuers. Jawohl, ein Feuer ist auf der anderen Seite. Ich kann nicht weiter gehen. Um das Feuer sitzen Kinder, dann wieder lärmende junge Menschen. Alles wirkt so vertraut auf mich und schafft ein Gefühl größter innerer Zufriedenheit. Und doch kann ich nicht weitergehen. Ich kann nicht rufen. Eine unsichtbare Wand trennt mich von dem Bild vor meinen Augen.

Am seltsamsten erscheint mir das Feuer. Die Flammen flackern nicht unruhig, nein, sie stehen fast still und wirken verschwommen auf mich. Ein Licht, das nicht das kleinste Gefühl der Unruhe aufkommen läßt. Langsam beginnt das Bild zu verschwinden, bis am Ende nur noch das Licht bleibt. Ein reines klares Licht. Fast so tiefrot wie die untergehende Sonne im fernen Westen."

„Sie ist wieder hervorgetreten. Spürt ihr ihre warmen Strahlen?" antwortete Johanna fast beiläufig. Tatsächlich, als der junge Mann die Augen wieder aufschlug, war die Regenwolke bereits weitergezogen, um über der offenen See nieder zu gehen.

„Es ist diese unsichtbare Wand, die euch nicht in euer früheres Leben zurückkehren läßt, soviel ist klar. In dem geheimnisvollen Lichtkreis sind Geschichten vom Anbeginn eurer Tage verborgen.

Die eigenartigsten Dinge können in unseren Träumen geschehen, obwohl sie doch immer nur unser eigenes Ich widerspiegeln. Jedes auftauchende Bild hat seine eigene Bedeutung. Ist die Seele schwarz, dann sind die Bilder böse und qualvoll. Ihr werdet mir sicher zustimmen, daß es keine Seele gibt, die die absolute Finsternis oder die vollkommene Reinheit verkörpert, denn rein schwarze oder weiße Bilder sind Stillstand, sind Tod."

„Aber was seht ihr denn. Ist eure Welt nicht schwarz und dunkel", fragte er vorsichtig.

„Nein", sagte sie und lachte. Ja, sie lachte. Die Frau mit dem ewig traurigen Blick hatte soeben gelacht. Zum ersten Mal, wie der junge Mann sofort bemerkte.

„Glaubt ihr, daß alle Blinden in einer Welt der Finsternis leben", redete sie weiter. „Ich weiß, alle Sehenden denken dies. Nun gut, ich habe vielleicht einen Vorteil, daß ich in der Kindheit mit meinen Augen die Welt betrachten durfte. Aber wisset, meine Welt ist nicht finster, sie ist nur anders als eure. Nun, ich sehe die Sonne nicht. Sehe den Schein des abendlichen Torffeuers nicht, nicht den Glanz der Sterne. Doch das alles bedeutet nicht, daß ich nichts sehe.

In meiner Vorstellung ordne ich den Dingen neue Farben, neue Licht- und Schattenspiele zu, die meiner Phantasie entspringen, bis auf das wenige, das mir aus den Tagen der Kindheit in Erinnerung geblieben ist. Erblickt ihr ein Zimmer dreckig, kahl und aus gemauertem grauen Stein, sehe ich einen blühenden Garten, den ihr nie durchwandeln werdet, es sei denn, in euren Träumen. Man ordnet die Empfindungen anders. Die Kraft der Sonne genießen alle auf Gottes weiter Erde, ohne Zweifel, schenkt sie doch nicht nur Licht, sondern auch Wärme. Wärme, die man spürt, die in jedem noch so kleinsten Teil des Körpers verschwindet. Dann entwickelt der Geist, sowohl des Blinden als auch des Sehenden, der Nerv von Tier und Pflanze neue schöpferische

Kräfte. Mit dieser Wärme verbinde ich Licht, ja, den Himmel. Vielleicht seht ihr den Himmel ebenso?"

„Als einer, der die Welt mit eigenen Augen sieht, muß ich euch gestehen, daß sie - auch wenn sie manchmal grau und trist erscheinen mag - trotzdem eine große Vielfalt birgt", entgegnete er. „Versteht, es hängt von der Laune, von einer Stimmung und wohl noch mehr vom Zustand des Herzens ab. Eine karge, felsige Gegend, die aus nichts als nackten Steinen besteht, könnte mir in dem einen Moment viel näher rücken als ein prächtiger und blühender Garten. Ich sehe den hellen Schein der Sonne, den strahlend blauen Himmel, die dahinziehenden Wolken, die große dunkle Flecken auf das weite Meer werfen und höre das Schreien der Möwen. Es ist, als ob man mir alle Fesseln von der Seele genommen hat."

„Im Augenblick ist eure Seele rein und frei wie die eines Kindes. Die Schatten der Vergangenheit lasten nicht auf ihr, weil sie in den Tiefen eures Geistes hinter Mauern verborgen sind. Ihr empfindet diese so endlose Zufriedenheit, weil ihr die Vergangenheit abgestreift habt. Zumindestens zu diesem Zeitpunkt. Ihr glaubt es jedenfalls. Doch früher, als ihr es wollt, hat sie euch wieder eingeholt; stürzen die Mauern ein; könnt ihr jene unsichtbare Mauer durchbrechen, den Bach durchschreiten und auf das Feuer zugehen."

„Doch sagt, wie könnte ich die Erinnerung zurückholen?" fragte er, wobei seine Augen den Flug eines großen Greifvogels verfolgten. „Ihr müßt versuchen zu ergründen, wem jene Stimme gehört, wer es ist, der bei euch steht."

„Ist es nicht Gott, der bei mir steht?" „Gott? Ihr spracht vorhin von jenem Licht der Stille, das ist Gott. Nein, es ist eine Person, die ihr kennt." Sie faßte mit ihren Fingern über die bemoosten Mauersteine. „Es ist nun bald einen Monat her, daß es euch auf diese kleine Insel verschlug. Unzweifelhaft seid ihr damals jenem schweren Sturm zum Opfer gefallen, wie er schon seit langem nicht mehr über die Inseln getobt ist. Damals stand euch Gott zur Seite und er tut es auch jetzt." „Warum verschließt er mir dann meine Erinnerungen?"

„Denkt nach. Denkt an die Stimme neben euch. Wenn ihr versucht, euch im Scheine des Lichtes, das jenes Feuer ausstrahlte, umzudrehen, dann fragt jenen Unbekannten nach seinem Namen. Vielleicht besitzt er den Schlüssel zu eurer Vergangenheit."

Der Greif verschwand hinter einer Felsenklippe am Meer. Wohl, weil dort im Horst die Jungen auf ihn warteten. Der junge Mann versuchte die Augen zu schließen, doch der Traum kehrte nicht zurück. Wo blieben die dunklen Wälder, wo blieb das Feuer, wo blieb das Licht? „Ich glaube, er wird nicht so schnell zurückkehren", sagte er und öffnete die Augen.

„Ich bin mir sicher, daß ihr in wenigen Tagen die Mauern eures Traums durchbrechen werdet. Vielleicht werdet ihr nicht glücklich darüber sein, euch an alles zu erinnern, was geschehen ist." Sie wandte sich ab, um zu gehen. Da hielt er sie am Arm fest. „Sagt, wie lange muß ich noch hierbleiben?"

„Ihr könnt gerne das Boot nehmen, das noch in der Bucht liegt. Allerdings fürchte ich, daß ihr Gefahr lauft, auf einem der vielen Riffe, die rings um Ork Skerry liegen, aufzulaufen. Wartet die Rückkehr meines Mannes ab." Er zog er seine Hand zurück und sagte nur leise: „Ihr habt wohl recht." „Glaubt nicht, daß der, der fern von den Menschen ist, deren Probleme nicht mehr versteht", erwiderte sie ihm.

„Verzeiht meine Ungeduld." „Schon gut. Alles hat seine zwei Seiten. Licht und Dunkel. Ein altes Sprichwort sagt, daß der Blinde ein König unter den Sehenden sein kann, wenn er es nur versteht." „Mich dünkt, ihr hütet ein Geheimnis zwischen diesen schönen traurigen Augen." „Wer weiß", antwortete sie und lächelte. „Jeder Mensch birgt Geheimnisse. Manchmal wird ihm daraus eine Last erwachsen und sind es derer zu viele, können sie durchaus zu seinem Untergang führen. Wieviel Haß und Tod haben auf der Welt falsch verstandene Geheimnisse gebracht. Das beste Geheimnis ist wohl immer noch jenes, das man nicht kennt."

„Der Unwissende ist der Glückliche; meint ihr dies", entgegnete er etwas heftig. Johanna schwieg. Sie wußte wohl warum, denn sie kannte die gefährliche Neugier der Menschen, die oftmals, waren sie erst einmal auf den oberen Sprossen der Leiter angekommen, in Sucht nach Reichtum und Macht endete.

Und je schneller sie stiegen, um so schneller fielen sie. Der letzte Satz des jungen Mannes hatte sie etwas verunsichert. Keiner ist vor den menschlichen Schwächen gefeit. Die Suche nach Wissen und die Gier nach Macht liegen eng beieinander. Wie reif mußte die Welt sein, um Dinge zu erfahren, von denen noch nicht einmal die alten Barden etwas wußten. „Ich laß euch jetzt allein", sagte sie nur, wandte sich daraufhin ab und ging langsam die kleine Treppe hinunter, um wieder in den Räumen der Burg zu verschwinden. Der junge Mann blieb allein zurück. Allein und mit vielen offenen und ungelösten Fragen.

*

Zwei Tage später saßen am frühen Abend die Herrin des Hauses und der junge Mann am Kamin in der großen Halle und spielten mit Quadersteinchen, geschnitzt aus Walroßzähnen eine Runde Tarot. Dabei war eine Seite des Quaders jeweils glatt, während auf der anderen ein Symbol abgebildet war. Johanna erkannte dieses Symbol und seine Bedeutung durch Ertasten. Ihr Gegenüber verstand nur bruchstückhaft den Sinn des Spiels, jedoch die Zeit verging, ohne das Langeweile aufkam. Die trockenen Torfstücke knisterten und gaben den Schein ihrer roten Glut an den gemauerten Wänden wieder. Johanna erklärte ihrem Gast gerade die Bedeutung des Schicksalsteines zum dritten Mal, als plötzlich unten vom Hof laute Geräusche zu vernehmen waren. „Wer ist das zu so später Stunde?" fragte entsetzt der junge Mann und schielte mit den Augen nach einem der Schwerter, die an der Wand hingen. „Habt keine Furcht. Vielleicht kommt euer Traum zu euch. Seid froh."

Der junge Mann sank auf der Bank zusammen. Kraftlos ließ er den Quader zwischen den Fingern auf den Tisch fallen. Unwillkürlich schlossen sich seine Lider. Nur für den

Bruchteil einer Sekunde sah er wieder das Licht, den Bach, die unsichtbare Stimme. Wer bist du? Kennst du den Fischerkönig nicht, antwortete die Stimme neben ihm. Er öffnete die Augen und sprang auf. Johanna war nicht mehr im Zimmer - ihn überkam eine Ahnung. Schritte drangen an sein Ohr, die Türen öffnete sich und ein großer kräftiger Mann trat herein. Das Haupt bedeckte eine wilde rote Mähne.

Nicht daß der junge Mann deshalb erschrak, weil von dem Riesen irgend etwas Bedrohliches ausgehen könnte. Nein, nein. Er wußte nun, wer dieser Mann war und daß er jenem sein Leben verdankte. Nein, er erschrak vor der Geschichte seines eigenen Lebens, denn in diesem Augenblick hatten ihn seine Erinnerungen eingeholt.

Der Herr über Ork Skerry war niemand anders als Bill Wilson, der alte Fischer. Der finstere, alle überragende Nordmann mit dem wilden rötlichen Haar, der seit vielen Jahren den Steinweitwurf zu Rosslyn gewann. Er wirkte noch viel größer als damals. Bill trug ein faltiges Wams aus derbem Wollstoff, zusammengehalten von einem Gürtel aus Rindsleder. Den Kragen und die Kapuze bildete ein angenähter Otterpelz. Die engen Hosen waren aus fleckigem Leder. An den Füßen trug er zwei lange Stiefel aus Seehundhaut. Seinen Mantel, die Streitaxt und den Packsack hatte er sicherlich schon vor der Tür abgelegt.

Wahrscheinlich war der Fischer mit seinem Boot eben aus dem Süden zurückgekehrt. Rosslyn, die Moorfußberge, mein Gott. Mutter, David, Will und all die anderen. Endlich war Henry Sinclair im Bilde. Jetzt begriff er den Traum: das Licht in der Nacht. Die Zinnen der heimatlichen Burg, die dunklen Wälder der Moorfußberge, die Tage der Kindheit, die Abende am Lagerfeuer an den Ufern der Esk, das Geheimnis des alten Papyrus. Vor ihm tauchten wieder die Bilder jener letzten stürmischen Nacht auf See auf. Sie endeten, als er den Mast der Golden Ross auf sich zufallen sah. „Heilige Mutter, ich dank...", stammelte er verwirrt, unfähig weiterzusprechen. Dafür rannen dem jungen Ritter die Tränen über die Wangen.

Zitternd griff seine Hand in die Innentasche des Wollwamses. Harry ahnte bereits, daß er dort nichts finden würde. Und, tatsächlich! Der Stein, Belakanes Stein war unwiderruflich weg. Das Meer hatte sich Thyrion, den Hellen, zurückgeholt. War dies der Preis, den er für sein Leben bezahlen mußte? Wäre er denn sonst bis an jene Küste getrieben? Hätte ihm der Narwal sonst geholfen?

Harry wischte sich die Tränen aus dem Gesicht. In seinem Innern dankte er Belakane und dem alten Fischer, die ihn beide vor dem sicheren Tod bewahrt hatten.

Aber so froh er über seine Rettung war, so sehr beunruhigte ihn das Schicksal seiner Gefährten. Was war aus ihnen geworden? Lebten sie noch?

Als Johanna wieder in die Halle trat, wurde Harry aus seinen Gedanken herausgerissen. Sie trug in der linken Hand einen Eimer mit Torfstücken, die für den Kamin bestimmt waren. Bill wechselte ein paar Worte mit seiner Frau und wandte sich dann dem Gast des Hauses zu. „Ich freue mich, euch wieder gesund und munter zu sehen, junger Lord.

Ihr saht gar nicht gut aus, als ich euch aus dem Wasser gefischt habe. Aber setzen wir uns doch."

Harry merkte, wie ungeschickt er sich wohl bis jetzt verhalten hatte und überließ die Bank am Kamin dem Hausherrn. Für eine kleine Weile war tiefe Ruhe in der Halle, gerade so, als ob man eine Antwort des jungen Mannes erwartete.

Die neuen Torfstücken im Kamin loderten auf und warfen ein unruhiges Flackern auf die Gesichter. Harry suchte nach den passenden Worten. „Wie kann ich euch für die Rettung meines Lebens danken?" „Dankt nicht mir, dankt lieber dem Narwal, der euch über Wasser hielt", entgegnete Wilson. In Harrys Kopf wallten die Gefühle durcheinander. Seine Erinnerungen, die endlich die Mauern durchbrochen hatten, suchten jetzt verzweifelt ihren Platz zu finden. In der Kürze der Zeit war dies jedoch nicht möglich. Wie sollte Harry auch diese lange Kette von so seltsam miteinander verbundenen Zufällen verstehen.

Auf jenem Fell, wo er noch vorhin gesessen, saß nun jener alte Fischer, der früher zu den Maienspielen geheimnisumwittert aufgetaucht war und wieder verschwand. Nun führte sie ein Zufall zusammen. Nein, nicht nur ein einfacher Zufall. Dieser Mann hatte ihm sogar noch das Leben gerettet, war sein unsichtbarer Begleiter durch einen ständigen Traum. Er lächelte. Endlich.

„Ich kenne euch", sagte Harry zu dem alten Fischer. Laut hallten die Worte durch den Raum. Der Fischer wandte den Blick vom Kaminfeuer seinem Gast zu. „Lange habe ich überlegt, Sir Henry. Kurz nachdem ich euch aus dem Meer errettet habe, mußte ich nach Musselburgh aufbrechen. Ihr müßt wissen, daß mein Boot nur mit einem kleinen Segel ausgerüstet ist und ich deswegen fast zwei Wochen für die Reise einplanen muß. Ich hatte während der Fahrt viel Zeit, darüber nachzudenken, woher ich euch kenne. Doch ich muß gestehen, daß es mir erst in Rosslyn auf der Festwiese eingefallen ist. Jawohl, ihr seid Sir Henry Sinclair vom Clan der Sinclairs aus Rosslyn." „Und ihr seid der kräftigste Mann von ganz Schottland", erwiderte Harry ihm daraufhin.

Bill schüttelte den Kopf. „Es ist wohl lange her, junger Mann. Vorbei sind jene Tage. Oder wißt ihr nicht, daß ich letztes Jahr meinen Titel an einen Jüngeren abgeben mußte. Nun werde ich meine letzten Jahre auf dieser Insel beschließen und mich nur noch allein dem Fischfang oder der Jagd auf Robben und Wale widmen."

„Sagt Bill, gabt ihr meiner Mutter Kunde, daß ich noch am Leben bin?" „Wie konnte ich einer Tochter des großen Earl Malise eine solche Botschaft vorenthalten. Sie war überglücklich, als ich es ihr erzählte und wollte sofort ein Schiff nach Norden entsenden."

„Und wann können wir es erwarten?" „Ich sicherte Lady Isabella zu, daß ich und die Fischer von Linkness euch nach Musselburgh geleiten werden. Wenn euch, Lord Sinclair, die Rückkehr drängt, dann werden wir noch morgen nach Hoy übersetzen. Ich kenne dort Freunde, die etwas größere Boote besitzen.

Johanna, die die ganze Zeit den beiden Männern zugehört hatte, erhob sich von einer mit Fellen bespannten Steinbank, verließ ihren Platz am Kamin und ging zum Fenster hinüber. Sie öffnete die mit Häuten bespannten Rahmen. Der frische Nachtwind schlug ihr ins Gesicht. Deutlich hörten die drei im Raum das Brüllen der Brandung.

Harrys Herz hing an dieser blinden Frau, die ihn die ganze Zeit gepflegt hatte. Warum, wußte er selbst nicht genau. Und obwohl ihn die eben erweckte Sehnsucht in seine alte Heimat Schottland zog, schien ihn andererseits eine unbekannte Kraft irgendwie an diesem Ort festzuhalten.

Bill Wilson schien diese Wandlung nicht verborgen zu bleiben. Er fragte seinen Gast zunächst nach dessen Wohlbefinden und seinen Entschlüssen für den nächsten Tag. Als der junge Mann bei der Frage nach der Abreise stockte, gab der alte Fischer unverhofft dem Gespräch eine neue Richtung. „Was wolltet ihr in Island. Ihr kamt doch von dort?"

Harry sah keinen Grund, weshalb er diesem Mann etwas über seine Unternehmungen und die seiner Freunde verschweigen sollte. Nicht nur, daß er in Bills Schuld stand, nein, er hatte auch ein tiefes Vertrauen zu ihm gefaßt. Nicht zuletzt durch die Frau des Fischers. So begann er.

„Ich war der Kapitän einer Schnigge. Ein schmuckes, schnelles Schiff; Golden Ross hieß es. Zur Besatzung gehörten allesamt gute Freunde von mir, von denen ich nun nicht weiß, ob sie jenen Sturm überlebt haben.

Die Golden Ross ist zusammen mit drei anderen Schiffen diesen März nach Island aufgebrochen. Ich glaube, daß es keinen Grund gibt, euch nicht zu erzählen, was wir in Island wollten. Die furchtlosesten Seeleute der früheren Tage kamen aus dem Norden. In den Schenken von Lissabon, Brüssel, Leith bis Bergen erzählt man Geschichten von ihren Entdeckungen. Doch will einer wirklich etwas über ihre Fahrten in den Westen in Erfahrung bringen, sollte er zur Insel der Vulkane segeln. Dort stellten meine Freunde und ich Erkundigungen an, die Entdeckungsreisen in das ferne und unbekannte Land im Westen betreffen."

Harry berichtete von Knut Olafsen, Olaf vom Schrickelstein und ihrer Weiterfahrt nach Grönland. „Wir konnten bereits die hohen schneebedeckten Berge Grönlands sehen, da zwangen uns gewaltige Treibeisschollen zur Umkehr. Eines unserer Schiffe sank vor unseren Augen im eiskalten Wasser des Ozeans. Fast alle Männer ertranken."

Harry seufzte als er an diese Katastrophe denken mußte. Es war aber auch alles schief gegangen. Er kam auf den schweren Sturm auf der Rückreise zu sprechen; wie das Schiff nach und nach außer Kontrolle geriet und er das Ruder übernehmen mußte. Als der Blitz den Mast zerknickte, endete sein Bericht. Von dem alten Papyrus hatte der junge Sinclair kein Wort verloren und auch den Saphir erwähnte er nicht. Es war schon sehr spät geworden und der Hausherr fand, daß es an der Zeit war, das Gespräch zu beenden und auf Morgen zu vertagen. Harry wünschte allseits eine gute Nacht und verließ die Halle.

*

Am nächsten Morgen stand die Sonne schon hoch am Himmel, als sich die drei zum Morgenmahl versammelten. Die alte Gutrid brachte Fleisch, Obst und Brot herein, das Bill aus Schottland mitgebracht hatte. Äußerst gutgelaunt nahm der Gastgeber den Faden der gestrigen Unterhaltung wieder auf. Er kam auch sofort zur Sache. „Ich bin froh, daß ihr gestern offen zu mir wart. Allerdings seid ihr mir noch eine Antwort schuldig, wann ihr die Rückreise anzutreten gedenkt. Schließlich habe ich Lady Isabella ein Versprechen gegeben. Also entscheidet euch bitte schnell." Dabei biß er genüßlich in einen Apfel. Harry hielt zwei Finger nach oben, womit er das Datum seiner Abreise festlegte.

„Nun gut." Bill lachte. „Wir können hier in dieser Einsamkeit eine Abwechslung gut gebrauchen." Schmatzend verschwanden die letzten Reste des Apfels in seinem Schlund. Nur der Stiel kam wieder zum Vorschein. Nachdem sie gemeinsam Brot und Fleisch geteilt hatten und sich dem guten Kräuterbier zuwandten, das der Hausherr aus der Fremde mitbrachte, redeten sie weiter.

„Ihr wollt in das ferne Land des Westens, stimmt's", fragte Bill Sir Henry. „Das habe ich ja schon gestern abend erwähnt. Wißt ihr etwas darüber?" „Meint ihr die Insel, die die Wikinger *Waldland* nennen. Was denkt ihr wohl?" Er lächelte verschmitzt. Komisch sah es aus, wenn dieser riesige Mann mit dem harten und kantigen Gesicht lächelte.

„Kommt, ich erzähle euch eine Geschichte. Ich glaube, daß sie euch gefallen wird und ihr selbst in Reykjavik keine bessere gehört habt."

Harry schaute etwas verdutzt daher und erwiderte nichts. Nun hatte ihn der andere neugierig gemacht, denn *Waldland* war ein anderer Name für *Drogeo, jene Insel am Ende der Welt.*

Bill streifte die Ärmel seines Wollwamses nach oben, so daß die kräftigen Unterarme zum Vorschein kamen. Er nahm noch einen großen Schluck aus seinem Becher und stützte die Ellenbogen dabei auf dem Steintisch ab. Dann wischte er sich den Schaum aus dem Bart und begann.

„Es ist schon über zwanzig Jahre her, als ich mit einigen meiner Freunde auf dem Ozean der Waljagd nachging. Wir besaßen ein großes Boot, ja, fast eine richtige Barke, ausgerüstet mit einem Rahsegel. Tagelang verfolgten wir ein größeres Rudel Buckelwale und das Trinkwasser begann bereits knapp zu werden. Doch die Wale foppten uns, gerade so, als ob sie genau wußten, was ihnen drohte, sollten sie in die Nähe des Bootes schwimmen. So gelangten wir, ohne es zu wissen, weit, sehr weit über die offene See nach Westen. Die Mehrzahl der Männer riet umzukehren; doch einige - darunter auch ich - waren wie verblendet.

Wir gerieten in Streit und waren nahe daran, uns gegenseitig zu töten, als ein fürchterliches Unwetter über uns hereinbrach. Es schien der Weltuntergang angebrochen zu sein. Wahrscheinlich war es nur der besonderen Konstruktion unseres Bootes zu verdanken, daß wir nicht untergegangen sind. Jedenfalls schlug ein harter Brecher mich gegen die Bootswand, worauf ich die Besinnung verlor.

Als ich wieder erwachte, lag ich an einem Strand; dahinter stand ein großer Wald mit mir seltsam anmutenden Bäumen. Ich kam zu dem Schluß, daß ich wohl an einer unbekannten Küste gestrandet sein mußte. Zwar waren mir die Geschichten über die Insel Waldland bekannt, doch daran konnte ich in diesem Augenblick nicht denken. Ich sollte bald Gewißheit haben, daß ich mich im fernen Westen befand. Aber war ich allein? Wo waren die anderen?

Stundenlang wanderte ich am Strand entlang, um meine Gefährten zu suchen. Doch ich fand nichts außer Sand, Steinen und totem Holz.

Nach einiger Zeit quälte mich starker Durst, ich hatte Hunger und so lenkte ich meine müden Schritte in das Innere des Landes. Dort fand ich einen kleinen Bach, aus dem ich trinken konnte. In den Wäldern gab es kleinere Tiere und nach einigen Mühen gelang es mir auch, etwas zu erlegen.

Es sollte nur zwei Tage dauern, bis ich auf sie traf: wilde Menschen. Ich sage euch, meine Erscheinung erschreckte sie wohl mehr, als sie mich beeindruckten. Sie waren fast nackt und redeten pausenlos in einer mir völlig fremden Sprache auf mich ein. Mir schien es, als würden sie nur irgendwelche Laute aneinanderreihen. Auch trugen sie keine Bärte wie wir.

Mit ihrer Gastfreundschaft war es dann doch nicht weit her. Sie nahmen mich gefangen, an eine Gegenwehr konnte ich nicht im mindesten denken, denn dutzende Speere und Pfeile richteten sich auf mich. Ich wußte anfangs nicht, in welchen Scharen diese Wilden die neue Welt bevölkerten. Jedenfalls war ich zunächst bei einem kleineren Stamm von so an die vierzig Kriegern untergebracht. Doch bald kamen Abgesandte einer ihrer großen Häuptlinge und man verschleppte mich in südlicher Richtung. Und zwar auf einfachen Einbäumen. Dadurch erfuhr ich auch, daß ich zuerst auf einer Insel gestrandet sein mußte.

Der Stamm, zu dem ich nun geführt wurde, war zahlreich an Menschen. Wilder schrecklicher Gesang und lautes Trommeln begleiteten meinen Einzug in ihr Dorf. Überall eilten alt und jung herbei und sie bestaunten mich wie ein wildes Tier. Doch auch bei diesen Leuten sollte ich nicht lange bleiben.

Weiter in den Süden führte man mich und ich muß sagen, daß mein Erstaunen bald keine Grenzen mehr kannte. Je tiefer ich in wärmere Gefilde gelangte, um so zivilisierter erschienen mir diese Wilden. Stellt euch nur vor, was meine Augen erblickten. Ich sah große Siedlungen, die Städten glichen, wie ich sie noch nie gesehen hatte und wie sie wohl auch auf den britischen Inseln ihresgleichen suchen. Alle Häuser waren aus Holz gebaut, denn Holz ist dort reichlich vorhanden. Geschützt waren die Städte durch hölzerne Palisadenzäune. Rund um ihre Städte pflanzten die Bewohner eigenartige Stauden an. Daran reiften Kolbenfrüchte heran, aus denen sie Mehl, Brei und andere sehr nahrhafte Speisen bereiten. Die Wälder sind voller Tiere und die Jagd ist ein einträgliches Geschäft.

Ich habe nie so richtig verstanden, zu welchen Göttern sie beten. Ihre höchsten Heiligtümer durfte ich jedenfalls nicht betreten. Ihre Tempel standen auf hohen Erdhügeln. Auch Wohnhäuser wurden mitunter auf solche Hügel gebaut. Die seltsamsten Erdhügel, die außerhalb der Städte lagen, waren jedoch Tierkörpern nachgebildet."

„Was für Tiere?" unterbrach ihn Harry aufgeregt. „Ich weiß es nicht mehr so genau, Sir Henry. Eines zeigte wohl einen Bären, aber ich sah auch die Bilder eines Vogels oder auch einer Schlange." „Eine Schlange! Sagtet ihr, eine Schlange?"

Bill Wilson nickte. Er konnte nicht verstehen, warum den schottischen Ritter diese Tierbilder interessierten. Doch Harry besaß jetzt langsam die Gewißheit, daß das Land auf dem Papyrus, das Waldland der Wikinger und Drogeo ein und dasselbe waren. Und was noch viel wichtiger war: vor ihm saß jemand aus Fleisch und Blut, der dieses Land mit seinen eigenen Augen erblickt hatte.

„Erzählt weiter", bat er den Fischer.

„Einige dieser Tierbilder waren riesig. Allein die Schlange erstreckte sich über eine gute halbe Meile."

Harry kam aus dem Staunen nicht mehr heraus. Da hatte er das ganze Abendland nach Spuren und Hinweisen für die Echtheit des Papyrus abgesucht und nun erfuhr er mehr, als er zu träumen wagte durch einen puren Zufall. Er lauschte weiter den Ausführungen Wilsons.

„Man erzählte mir, daß in dem Hügel der großen Schlange die Toten einer großen, längst untergegangenen Zivilisation begraben liegen. Nachdem ich dies alles sah, änderte sich meine Meinung über dieses Land, seine Bewohner und deren Leistungen. In mir wiederum müssen sie einen Gott gesehen haben, denn in all der Zeit wagten sie es nicht, mir auch nur ein Härchen zu krümmen.

Auch ich begann mich nun meinerseits näher für meine Bewacher zu interessieren, ja, ich lernte sogar in Ansätzen ihre Sprache. Das Volk ist in strenge Kasten gegliedert. Wie bei uns ist das Leben eines einfachen Bauern oder Jägers nicht viel wert. Es folgt der Adel, der nur seinem Herrscher hörig ist. Ihre obersten Herrscher nennen sich große Sonnen. Nur ihnen ist es gestattet, die allerheiligsten Tempel zu betreten. Ich bekam sein Innerstes nie zu Gesicht, obwohl sie mich für einen Abgesandten ihres Gottes hielten.

Während meines Aufenthaltes starb eine dieser großen Sonnen. Ich wurde daraufhin Zeuge einer grausigen Sitte dieses Volkes, die mich zutiefst abstieß. Feierlich gingen mit ihrem Herrscher zwei gute Dutzend Männer, Frauen und Kinder in den Tod. Man erdrosselte sie kurzerhand.

Ich war entsetzt und betete den heiligen Vater an. Der Gedanke, daß auch ich eines Tages zu ihren Opfern gehören könnte, ängstigte mich. Verblendet und abgöttisch solchem Moloch huldigend, begannen mich diese Rituale anzuwidern, so daß ich mich immer stärker mit Fluchtgedanken trug. Ich mußte wieder zurück. Weg, nur weg. Zurück auf die heimatlichen Inseln.

Doch wie sollte ich es anstellen? Ohne Karte, ohne Boot, nur eine grobe Richtung aus dem Lauf der Gestirne wissend. Zunächst mußte ich einige der hiesigen Adligen auf meine Seite ziehen.

Das war nicht so einfach, sahen sie in mir doch den Abgesandten des Himmels und so versuchte ich es damit, ihnen begreiflich zu machen, daß mein Göttervater nach mir verlange. Einige unterstützten mich, andere waren dagegen. Noch wagte sich niemand an mich heran. Ich mußte also rasch handeln.

Schließlich gelang es mir, Fluchthelfer zu finden, die natürlich allesamt in mir den Gottessohn sahen. Wir flüchteten zur Küste, zu anderen verbündeten Stämmen. Unter meiner Anleitung bauten die Wilden eine Barke, die wir nach gut zwei Monaten zu Wasser lassen konnten. Das Segel hatten Frauen aus gegerbten Häuten zusammengenäht.

Ich gewann einige mutige Männer, die mich begleiten wollten. Überglücklich trat ich nach über drei Jahren die Rückreise über den Ozean an. Auch wenn mir noch tausend Gefahren drohten, so war ich doch wenigstens vor dem Zorn der großen Sonnen sicher.

Wir segelten zunächst mit einem günstigen Wind immer an der Küste entlang nach Norden. Nach einigen Tagen erreichten wir eine kleine, dem Festland vorgelagerte Insel. Dort verließen mich - entgegen all meinen Erwartungen - die bis dahin getreuen Wilden, denen die Angst vor dem großen Meer sichtlich in die Knochen gefahren war. Sie wünschten mir, dem Sohn der gehörnten Schlange, wie sie sagten, viel Glück. Ich habe bis heute nicht begriffen, was sie damit meinten.

Nun half nur noch, auf Gott zu vertrauen. Das große Meer lag vor mir. Ständig murmelte ich während meines Tagewerkes Gebete. Ohne Unterlaß. Es muß wohl geholfen haben. Jedenfalls trieb ein frischer Wind aus West mich gut voran. Nachts richtete ich mich nach den Sternen und am Tage nach der Sonne. So trieb ich auf dem Meer dahin in der Hoffnung, wohlbehalten die britischen Inseln zu erreichen. Mein Boot war gefüllt mit Dutzenden Wassersäcken aus Hirschhaut und köstlichen Speisen, so daß ich die Zeit überstand. Ich war gerade zwei Wochen auf dem Meer, bis ich eine Küste erblickte.

Bald erfuhr ich, daß mich ein günstiger Wind nach Irland geweht hatte. So gelangte ich als einziger von meinen Gefährten wieder zurück auf die Orkneyinseln. Das Haus meines Vaters an der Südküste von Pomona war durch einen Angriff von Seeräubern zerstört worden. Keiner, den ich kannte, war am Leben geblieben.

Mit Earl Malises Tod war auch der Frieden von den Inseln gewichen. Ich ließ mich auf der Nordspitze von Hoy nieder. Es dauerte nicht lange, bis ich Johanna kennenlernte. Damals lebten noch weit über zehn Siedler auf dem kleinen, schwer zugänglichen Eiland am Ausgang des Hoysunds. Darunter auch Johanna und ihr Vater.

Ich fertigte in jenen Tagen Waffen und Gebrauchsgeräte aus Fischknochen, um dafür etwas einzutauschen, das ich nicht besaß. Als ich eines Tages in der Bucht von Ork Skerry meine Ware anbot, war mein erster Kunde ein blindes Mädchen. Nachdem wir nur wenige Sätze gewechselt hatten, erzählte ich ihr alles; alles über meine Erlebnisse am anderen Ende des Meeres. Sonst fasse ich nur sehr langsam Vertrauen, doch bei Johanna brach ich mein Schweigen."

Bill unterbrach sich und legte die große Hand auf die seiner Frau. Mit der andern fuhr er über die Stirn, um sich die roten Haare aus dem Gesicht zu streifen. „Bis heute habe ich keinem anderen diese Geschichte erzählt", sagte er zu Harry.

„Wie kamt ihr auf die Idee, jedes Jahr die weite Reise nach Lothian anzutreten, um dort den Steinweitwurf zu gewinnen?" fragte ihn dieser. „Nun denn", erwiderte Bill Wilson „Nur meiner großen Kraft und Ausdauer verdanke ich, daß ich heute noch am Leben bin. Nach unserer Heirat weihte mich Johanna in die Geheimnisse ihrer Vorfahren ein. Ich erfuhr viel über das erste Volk auf den Orkneys, das noch in einer Zeit lebte, die den Krieg nicht kannte. Jedoch mein Leben änderte sich nur wenig. Nach wie vor bestand es aus Fischfang, Wal- und Robbenjagd.

Bis ich in Kirkinvaghe zum heiligen St. Martin von dem weithin gerühmten Kräftemessen im Steinwurf in Rosslyn hörte. Da ich auf meine starke Kraft vertrauen konnte, segelte ich seit diesem Zeitpunkt Jahr für Jahr nach Musselburgh, um am Tag des Maienfestes bei euch den Steinweitwurf zu gewinnen. Es war Johanna, die mich darüber aufklärte, daß ihr der rechtmäßige Erbe des verstorbenen Earl Malise seid. Dies machte mich um so stolzer, da ich den Lohn für meinen Sieg aus den Händen von Lady Isabella entgegennehmen durfte. Jetzt wißt ihr alles."

„Ohne Zweifel ist eure Geschichte das Verblüffendste, was ich jemals gehört habe."

„Und wie habt ihr euch nun entschieden? Wann wollt ihr aufbrechen?"

„Warum seid ihr nie wieder hinübergefahren?" „Warum hätte ich das tun sollen! Weder Adel noch Geld kann ich mein eigen nennen. Klein wäre mein Gewinn gewesen und andere hätten diesen Verdienst auf ihre Fahnen geschrieben. Nein, Jahrzehnte lang hat dieses Wissen die Orkneys nicht verlassen und kein Fremder wird es je erfahren. Doch schwer lastet das Geheimnis auf mir und ich möchte es nicht mit ins Grab nehmen."

„Warum erzählt ihr die Geschichte dann mir?" erwiderte Harry. Der Fischer lachte laut.

„Sir Henry, ihr seid der Sohn von Lady Isabella und der Erbe von Earl Malise. Wenn jemand den Inseln den Frieden zurückbringen kann und obendrein noch Bischof William sein räuberisches Handwerk legt, seid ihr es. Ihr macht mir Spaß, Schotte. Bin nicht ich es, der dem Clan der Sinclairs zu Dank verpflichtet ist. Denkt an das Maienfest und an das Geld, das ich dort gewann."

Bill nahm einen großen Schluck Kräuterbier und brachte einen Trinkspruch auf seinen Gast aus. Harry saß immer noch regungslos auf seinem Platz. Er hatte gar nicht bemerkt, daß sich Johanna schon seit einer Weile nicht mehr im Raum befand, so sehr nahm ihn Bills Geschichte gefangen. Jetzt ergriff er seinen Krug und prostete dem Hausherrn zu. Doch bevor er trank, bat er diesen noch um eines, das ihm längst überfällig erschien.

„Ich habe noch eine Bitte. Laßt die Etikette weg, denn schließlich habt ihr mein Leben gerettet, Bill Wilson. Nennt mich einfach Harry." „Ich glaube, daran muß ich mich erst gewöhnen, Sir Henry."

Sohn der Inseln des großen Orc

Zwei Tage später nach dem Frühstück - Johanna hatte die beiden Männer verlassen - deutete Bill dem jungen Schotten an, daß er ihm etwas Außergewöhnliches zeigen wolle. Er verschwand für einen kurzen Augenblick, um mit dem versprochenen Gegenstand zurückzukommen.

Bill kam wieder mit einer kleinen hölzernen Schachtel in der Hand und legte sie auf den gemauerten Tisch aus Stein, ohne sie jedoch loszulassen. Er öffnete den Deckel und brachte einen länglichen Stab zum Vorschein, der aus gar seltsamen Material zu bestehen schien. Den vermeintlichen Stab reichte er Harry hinüber. „Was denkst du, was das ist?" fragte er ihn. Der junge Mann betrachtete das sonderbare Ding. „Ich würde sagen, das ist ein zusammengerolltes Blatt, das die getrockneten Körner einer Pflanze enthält. Ist es irgendeine Droge?" antwortete er und gab ihn Wilson wieder zurück. „So was ähnliches!" brummte dieser daraufhin und ging zum Kamin hinüber. Mit dem Schürhaken spießte er ein glimmendes Stück Torf auf. Den Stab steckte er sich zwischen die Mundwinkel. Dann führte er die Spitze des Hakens zum Gesicht und entzündete mit dem Torf jenes seltsame Ding. Dabei sog er an dem anderen Ende des gerollten Blattes kräftig mit seinen Lungen. Die Glut an der Zündstelle leuchtete hellrot auf; das Ding begann zu schwelen.

Nichts besonderes, dachte sich Harry; wenn Laub verbrannt wird gibt das genauso einen Qualm. Der alte Fischer nahm den seltsamen Feuerstab wieder aus dem Mund und stieß ein paar tiefe Atemzüge aus. Dabei formte er die Lippen so, daß richtige Ringe aus Rauch emporstiegen. Kleine weiße Rauchringe, die durch den Raum schwebten, immer größer und breiter wurden, bis sie sich schließlich in Nebel auflösten.

Harry war fasziniert. „Hier, probier mal." Bill hielt Harry den glimmenden Krautstengel hin. Der junge Mann tat es ihm gleich und nahm, wenn auch vorsichtig, einen Zug von dem seltsamen Blatt. „Pfui Teufel. Was ist das nur?" Er verzog das Gesicht, worauf der alte Wilson schmunzeln mußte. Das Zeug schmeckte bitter, aber es beruhigte auf eine angenehme Weise.

Johanna kam wieder herein. Sie setzte sich zu ihnen, wobei sie ihren Mann bat, das qualmende Etwas doch wieder auszumachen. „Sie mag es nicht", sagte Bill zu Harry. „Dabei zünde ich das Kraut alle paar Jahre nur einmal an. Aber man sollte Wünsche respektieren. Wir werden es ein anderes Mal nachholen." Er zwinkerte dem jungen Schotten zu.

Seine Frau öffnete die Fenster. „Ihr Faulpelze, am Kamin sitzen und rauchen. Habt ihr schon einmal richtig hinaus geschaut. Ich war bereits in der Bucht und die Wellen spülten über meine Füße. Dabei hat mir die Sonne das Gesicht gewärmt. Es muß ein herrlicher Tag sein." Und ihre Augen schauten starr und traurig wie immer in den Raum.

Dann wandte sie sich zu Bill, der sich etwas hüstelnd, weil er sich soeben verschluckt hatte, auf seinem mit Fellen belegten Stuhl niederließ. „Ihr habt natürlich den ganzen Vormittag in diesen Mauern zugebracht", tadelte ihn seine Frau.

Da klopfte es an der Tür. Die alte Gutrid brachte von der Küche das Essen herauf. Es war karg, wie jeden Tag. Eine Hafersuppe mit etwas Hammelfleisch. Während des Essens fing der alte Wilson an, wieder etwas zu plaudern.

„Wann gedenkst du nun endlich, dein Erbe in Kirkinvaghe zu übernehmen? Die Steuerzahlungen an den Bischof werden langsam unerträglich." „Wenn Haakon es mir erlaubt. Solange habe ich die Stadt, um des Friedens willen, zu meiden."

Bill zog die Stirn kraus. „Ich verstehe den König nicht." „Was gibt es da nicht zu verstehen. Haakon befürchtet, daß er die Inseln durch mich an Schottland verliert." „Wäre es denn so, Sir Henry?"

„Mit einem Norweger als Lehnsherrn habe ich keine Probleme. Jedoch scheint er mich zu fürchten." „Vielleicht befürchtet Haakon, daß du dich mit dem Bischof arrangieren könntest." „Möglich", erwiderte Harry leicht ungehalten. Dieses Thema stieß ihm jedesmal sauer auf.

Bill schaute mit ernsten Blick auf den jungen Schotten. „Wahrscheinlich dürftest du dich nicht einmal auf meiner Insel aufhalten. Ist es so?" Harry nickte.

„Dann laßt uns heute noch abfahren", erklärte der Fischer unvermittelt. Sinclair hob daraufhin einen Finger, womit er andeutete, am geplanten Termin seiner Abreise festzuhalten.

„Erzähle mir lieber noch etwas über deinen Aufenthalt am anderen Ende der Welt." „Später. Vielleicht heute Abend. Aber jetzt sollten wir den Rat meiner Frau befolgen und uns etwas frischen Wind um die Nasen wehen lassen." „Willst du mir die Insel zeigen?" „Warum nicht. Du hättest schon längst einmal von selbst darauf kommen können, dir auf den weiten Wiesen über den Klippen etwas die Füße zu vertreten. Nicht, daß du am Ende noch behauptest, du wärest als Gefangener hier festgehalten worden. Ich werde dir etwas zeigen, was dich in Erstaunen versetzten wird."

Sie verließen die Burg, stiegen den Pfad, der sich an den Felsen entlang schlängelte, bergan, bis sie auf das Hochplateau der Insel gelangten. „Wir müssen an das andere Ende von Ork Skerry", sagte Bill dem jungen Schotten. Ihr Weg führte sie quer über das Plateau. Über jene weiten, saftigen, grünen Wiesen, auf denen die Schafe der Burgbewohner grasten. Bill konnte die Tiere ohne Bedenken frei laufen lassen. Ab und zu schaute der alte Sven nach ihnen.

Auf der höchsten Spitze der Insel machten sie eine Pause. Von hier aus konnte man auch die umliegenden Inseln sehen. Pomona, die große Hauptinsel der Orkneys im Norden und Osten und das felsige zerklüftete Hoy im Süden. Zwischen Hoy und Pomona erstreckte sich der Hoysund, der im Südosten in einer großen Bucht mit dem Namen Scapa Flow endete. In diesem Sund lag Graemsay, eine kleine Insel, die immerhin noch fünfmal so groß wie Wilsons Eiland war. Im Westen allerdings hatte man unverwehrt den Blick auf das endlose weite Meer. Das Meer, das sie von einer fernen unbekannten Welt trennte.

Der höchste Punkt des Plateaus erhob sich gute zweihundert Yard über die See. Von hier war es nicht mehr weit bis zu dem Ziel des Fischers am östlichen Ende der Insel. Die beiden Männer gingen weiter.

Nachdem sie drei sanfte Hügel überquert hatten, wies der alte Wikinger Harry auf eine Schlucht rechter Hand hin. Zunächst war es nicht viel mehr als ein kleiner Hohlweg, der sich jedoch dann immer tiefer und tiefer in das Plateau der Insel hineingrub, so als hätte die Natur Ork Skerry in zwei Hälften gespalten. Vom Meer aus und auch von den hinter ihnen liegenden Hügeln lag die Schlucht gut geschützt und verborgen.

Steil, fast senkrecht ragten die Wände empor. Immer wieder lagen größere Felssteine im Weg, an denen die beiden mühsam vorbeiklettern mußten. Vor einer Öffnung, die einen Weg in die Tiefe des Berges andeutete, blieben sie stehen.

„Hier ist es." „Was ist hier, Bill? Wohin führt dieser Gang?" Bill lächelte geheimnisvoll. „Laß uns ins Innere des Berges gehen, dort sollst du die Geschichte der Inseln des großen Orc kennenlernen. Auch ich weiß wenig darüber, glaube mir. Seit Generationen ist das Geheimnis nur den Nachfahren des ersten Volkes der Orkneys bekannt. Johanna sagte mir, daß ich es dir erzählen kann, sonst hätte ich dich nie hierher geführt. Schließlich bist du der Enkel von Earl Malise."

„Warum verbergt ihr euer Geheimnis vor der Welt?" fragte Harry. „Willst du, daß übermorgen die Männer von Bischof William die Insel besetzen oder gedungene Schurken deines Cousins Alexander de Ard uns bei Nacht und Nebel überfallen?!"

„Dann muß es ja ein sehr wichtiges Geheimnis, etwas wirklich besonderes sein." „Ich war selbst verblüfft, als ich davon erfuhr. Seit ich zurückdenken kann, wird über Ork Skerry und seine Bewohner gemunkelt. Nun bin ich der Herr über Ork Skerry. Die Fischer von Hoy und Pomona haben Ehrfurcht vor Johanna und mir. Anfänglich war mir dies nicht geheuer, doch ich habe gelernt, damit zu leben. Früher dachte ich oft, ich hätte eine Hexe geheiratet. Nun weiß ich, daß sie die Fähigkeit besitzt, Ereignisse der Zukunft vorherzusagen. Es ist gut, daß wir heute hier sind, denn vielleicht ist es dir erlaubt, ein Erbe anzutreten, das sonst in Vergessenheit geraten würde. Johanna und ich haben nämlich keine Kinder." Er winkte dem jungen Mann, ihm zu folgen.

Sie schritten eine Treppe hinab in die Tiefe. Die Stufen waren sehr breit und die Höhe des Ganges wuchs, je weiter man hinab gelangte. Jedoch wurde das Licht vom Eingang in seiner Kraft zusehends schwächer, so daß sie bald vom Dunkel des Berges verschluckt worden wären, wenn Harry nicht vorn einen Lichtschimmer wahrgenommen hätte.

„Wie tief unter der Erde sind wir denn jetzt?" fragte er den alten Fischer. Mit leiser Stimme flüsterte dieser zurück. „Wir sind hier fast auf Höhe des Meeresspiegels. Bald haben wir es geschafft. Siehst du das Licht da vorn?" Harry bejahte. „Dort ist unser Weg zu Ende."

Vorsichtig ertasteten die Füße der Männer die nächsten Stufen. Die Kraft des Lichtes wurde stärker und langsam wurden die Konturen des Ganges für das Auge wieder sichtbar. Der Abstand zur Decke hatte sich deutlich vergrößert. Harry konnte die Stufen immer besser erkennen. Schließlich bemerkte er, daß sie in einer Halle angelangt waren, die sehr schwach erleuchtet war. Feucht und kalt war es hier. Schwaden warmer Atemluft stiegen im Zwielicht nach oben. Die Quelle der Lichtstrahlen lag über ihnen. Harry hob seinen Kopf, um ihre Eintrittsstelle zu entdecken. In sehr großer Höhe konnte er ein Loch erblicken, durch das der helle Tag hineinschien.

Der junge Schotte senkte den Kopf wieder und ließ seine Augen in der Halle umherwandern. An den Außenwänden ragten, etwas vorgerückt, fünf riesige Säulen, die alle gleiche Abstände voneinander hatten, steil in die Höhe. Ihr oberes Ende war kaum zu erkennen. Sie gaben der Halle ungefähr das Ausehen eines runden Tempels. In der Mitte des hohen Raumes lag ein riesiger Felsblock, vor dem die beiden Männer standen. „Seltsam, was mag das sein. Der Stein hat die Form eines Stuhles", bemerkte Harry. „Er hat nicht nur die Form eines Stuhles, sondern er ist auch einer", antwortete ihm Bill. „Und welcher Riese hat darauf gesessen?" Harry mußte lachen. „Der Sage nach wohnte hier einst der Meergott", erwiderte der alte Fischer ernst. „Dann ist das also sein Thron." „Möglich, das es so gewesen ist. Das ganze wirkt doch wie ein Thronsaal. Hast du nicht auch diesen Eindruck?" Harry wußte darauf keine Antwort. Was war nun das Geheimnis des Fischers?! Wegen einer Höhle unter dem Plateau von Ork Skerry würde Bischof William bestimmt keine Soldaten aussenden. Der junge Schotte überlegte und schließlich kam ihm eine Idee.

„Der Stein ist sicherlich die Antwort auf sehr viele Fragen. Komm, laß uns ihn erklettern." Bill kniff die Augen ein wenig zusammen, als er Harrys Worte hörte. Ein leichtes Lächeln huschte über sein Gesicht. „Sir Henry. Verlange nicht von mir, daß ich dir überall hinterher springe. Ich würde mich freuen, wenn du den Stein alleine erklettern würdest."

Harry konnte auf diese Antwort hin ein leichtes Schmunzeln nicht unterdrücken. Bill Wilson hatte zwar die Lebensmitte überschritten, aber für den kräftigen Hünen wäre die Kletterei wohl ein Kinderspiel gewesen. Er wandte sich dem Stein zu. „Nun, wohl an."

Nach einigen Mühen hatte es Harry geschafft, den Felsblock zu erklimmen. Es war nicht einfach gewesen, denn der Stein war glatt und bot nur wenig Halt. Jetzt würde er sich erst einmal eine kleine Verschnaufpause gönnen. Nachdem er sich auf die steinerne Lehne gesetzt hatte, wanderten seine Blicke über den Raum nach oben zur Decke. Die Öffnung stand jetzt genau senkrecht über ihm. Langsam senkte er seinen Kopf. Bills Stimme erscholl laut zu ihm hinauf. Der Hall, den dieser hohe Raum hervorbrachte, verstärkte seine Worte. „Was siehst du auf dem Sitz des Steinthrons?"

Harry betrachtete aufmerksam die glatt behauene Oberfläche. Dem jungen Ritter zog ein leichter Schauer über die Haut. Im fahlen Schein der Lichtstrahlen konnte er ein regelmäßiges Fünfeck erkennen, das auf dem Sitz eingraviert und mit seltsamen

Zeichnungen versehen war. „Es ist ein Pentagramm in den Stein geritzt. An seinen Enden sind Symbole aufgetragen." Erstaunt machte Harry eine kleine Pause, bevor das nächste Wort über seine Lippen kam.

„Bill?!" Tiefer Zweifel lag in seiner Stimme. „Na Schotte, was gibt es denn?" antwortete Wilson unten vom Boden. Harry wischte sich den Schweiß von der Stirn und sagte. „Sind Pentagramme nicht Zeichen schwarzer Magie und somit des Teufels, Bill? Wo habt ihr mich hingeführt?"

Bill seufzte: „Ich habe es geahnt. Laß dir einmal etwas gesagt sein, mein Junge. Es gibt keinen Bösen, es hat nie einen Bösen gegeben und es wird nie einen geben. Weder hier, noch sonst irgendwo auf dieser Welt. Wenn vom Teufel die Rede ist, dann entspringt er des Menschen Geist und seiner Phantasie, die seine Seele martert. Es ist wohl wahr, daß in manchen von uns ein Dämon wohnt. Doch sind diese Teufel nur aus der Tiefe düsterer Gedanken von uns selbst erschaffen. Diejenigen, die diesen Irrglauben ausnutzen, sind zahlreich auf dieser Erde. Sie gebrauchen ihre Ränke nur für einen Zweck: Macht. Die Gier nach dieser Macht erschuf Geschöpfe in den Gedanken der Menschen, die wir uns nur schwer vorstellen können. Bischof William von Kirkinvaghe ist einer von diesen Menschen.

Der steinerne Thron jedoch hat damit nichts zu tun, denn er ist älter als unsere Tage auf dieser Welt. Die Kraft, die von ihm ausgeht, erlischt, wenn du der Macht verfallen bist. Also nun sage mir, was du für Zeichen deuten kannst?"

„Das Erste ist unverkennbar ein Schwert, Bill." „Das Schwert Thrandil. Es steht für den Neubeginn, den Frühling. Was siehst du weiter?"

„Das zweite Zeichen zeigt einen großblättrigen Zweig eines Baumes." „Ja, ja der Zweig. Er deutet uns den Höhepunkt des Lebens an, den Sommer."

„Dann kommt ein Kelch", unterbrach Harry Bill. „Wohl ist die Schale oder der Kelch eines der ältesten Symbole dieser Welt, es kündigt den Herbst an, die Ernte des Lebens."

„Das vierte ähnelt einer Elster. Ein Vogel der halb schwarz und halb weiß ist." „Die Stunde der Abrechnung. Der Tod, der letzen Endes wieder neues Leben hervorbringt. Altes geht und Neues kommt. Alles ist eine Einheit; Freud und Leid, Liebe und Haß, Leben und Tod, schwarz und weiß. Aber sage, welches Zeichen ist das fünfte, Sir Henry."

„Ich würde sagen, ein Stein. Wahrscheinlich ein Kristall." „Genau, der Rubin, er soll das Feuer des Weltherzens in sich tragen. Das Feuer, das die ersten Wesen, die Gott erschuf, auf die Erde brachten."

„Woher weißt du das alles?" „Von wem schon, Harry." „Ich verstehe. Aber was hat dies alles zu bedeuten?" „Warte die Zeit ab. Sage mir lieber, ob dir noch etwas anderes auffällt." „Ich weiß nicht, was du meinst", entgegnete Harry. „Schau dich doch einmal in der Halle um."

Der junge Sinclair blickte sich um. Dann sah er wieder auf das Pentagramm. Plötzlich fiel ihm etwas auf.

„Bill?" „Ja, was ist?" „Die Spitzen des Pentagramms zeigen genau auf je eine Säule." „Und was sagt dir das?" „Das jede Säule einem Symbol zugeordnet sein muß." „Damit hast du den Nagel auf den Kopf getroffen. Jetzt kannst du wieder herunterkommen." Harry schaute noch einmal hinüber zu den Säulen, wobei er sich exakt die dazugehörigen Zeichen einprägte. Danach kletterte er vorsichtig von dem Steinthron herab.

Kaum unten angekommen wandte er sich den Säulen des Raumes zu. Die wuchtigen Steinmassive standen etwas außerhalb des Lichtscheins, so daß es schwer war, etwas auf den Säulen zu erkennen. So sehr Harry auch suchte, es war für ihn weiter nichts zu finden als glatt behauener Stein.

Der Herr von Ork Skerry zuckte mit den Achseln: „Du mußt Geduld haben, Sir Henry", sagte er. „Man muß zu vielen Dingen im Leben Geduld haben. Wer weiß, welche Bestimmung diese Säulen haben. Recht bald werden wir klüger sein, denn nicht ohne Grund sind wir heute hier. Außerdem ist heute ein ganz besonderer Tag."

Dem jungen Ritter erschienen die Worte des Wikingers immer rätselhafter. Er kramte in seinen Gedanken, welcher besondere Tag denn heute wohl sein könnte. Da fiel es Harry wie Schuppen von den Augen. „Heut ist Mitsommerfest", rief er endlich froh und gleichzeitig auch erstaunt aus. „Du hast Recht. Heute ist das Fest der Sommersonnenwende. Es wird nicht mehr lange dauern und die Sonne wird durch diese Öffnung über uns scheinen."

„Was geschieht dann, Bill." „Ich weiß es selbst nicht genau, mein Freund. Einzig und allein Johanna könnte uns sagen, was geschehen wird. Warte die Zeit ab." Sie setzten sich am Fuß des Steinthrons auf die Erde und erzählten ein wenig. Harry fand es merkwürdig, daß trotz der Deckenöffnung so wenig Pfützen auf dem Boden waren. „Warum sammelt sich hier kein Regenwasser?" „Es sickert durch die Ritzen zwischen den großen Steinen", antwortete ihm Bill. „Wenn es jedoch längere Zeit geregnet hat, kann es schon einmal vorkommen, daß das Wasser den ganzen Boden bedeckt."

Harry blickte zur Decke hinauf. Es war ihm, als wäre es etwas dunkler in der Höhle geworden. Doch auf einmal blendete ihn ein heller Lichtschein. Die Sonne war hinter einer Wolke hervorgetreten und stand jetzt genau über der Öffnung; ein gleißender Lichtstrahl fiel auf den Steinthron. Hell erstrahlte der Stein in diesem Licht. Die beiden Männer erstarrten und die Haare kräuselten sich auf ihrer Haut.

„Sieh nur", sagte Harry. „Es ist wundervoll. Es reflektiert. Es reflektiert hinüber zu einer Säule."

Tatsächlich! Ein dünner messerscharfer Lichtstrahl zeigte auf eine der fünf Säulen. Die glatte Fläche begann aufzuleuchten, ja, der Stein wurde immer heller und durchsichtiger. So als wären die Wände der Säule aus Glas, in dessen Inneren eine geheimnisvolle Flamme brannte.

Harry gewahrte als erster die Fortführung des eingetretenen Wunders. Zuerst war es nur ein ganz dünner, sich jedoch rasch verstärkender Strahl, der von der Säule zurückgeworfen wurde, um genau auf eine gegenüberliegende Säule zu treffen.

Den beiden Männern stand der Mund vor Staunen weit offen. Es hatte nur Augenblicke gedauert und zwischen den Säulen hatte sich ein Pentagramm aus Lichtstrahlen gebildet. Es schien, als ob sich alle Symbole in der Mitte vereinigten. Mal sah man den Zweig genauer, dann die Elster, dann wieder das Schwert. Schließlich ermatteten die anderen, nur der Kristall blieb. Er tauchte die unterirdische Halle in ein tiefes dunkelrotes Licht. Erst als die Sonne verschwand, wurde das Bild schwächer und schwächer, bis es sich schließlich im Nichts auflöste. Das Lichtspiel war verschwunden und der allgemeine Dämmerzustand zurückgekehrt.

Harry hielt den Atem an. „Welch sonderbare Erscheinung. So schnell wie sie gekommen ist, ist sie wieder verschwunden." „Es heißt, daß nach einigen Jahrhunderten jeweils eines der Symbole das Pentagramm verlassen kann. Allerdings nur für den Zeitraum eines Jahres. Es hängt davon ab, wie der Steinthron zu der Sonne steht."

„Wie soll ich das verstehen, Bill?" „Er dreht sich. Der Stein dreht sich, Sir Henry. Jedenfalls behaupten das die Nachfahren des alten Volkes. Ich glaube, daß der Kristall bald aus dem Kreis treten wird. Allerdings, wisse Schotte, daß der rote Karfunkel höher als die vier anderen Symbole zu bewerten ist. Er darf niemals diesen Kreis verlassen und wenn er wahrhaftig wird, dann geschieht dies nur für einen einzigen Tag."

„Hat dir Johanna das alles gesagt?" Bill nickte, daß ihm dabei die roten Haare in die Stirn fielen. „Ich glaube es erst, wenn ich es selbst gesehen habe. Vorher ist und bleibt es für mich ein Trugbild", sagte Harry. „Was soll denn der Rubin bewirken?"

„Wenn man durch ihn schaut, bindet er die Macht schlechter Menschen; durchkreuzt deren Pläne. Dem Träger selbst bringt der Stein jedoch keinerlei Macht. Und noch eine zweite Besonderheit wird dem Kristall zugesprochen. Da er an den Feuern des Welterzens erschaffen wurde, verrät er dem Träger das ungeheure Wissen aller großen Baumeister seit dem Anbeginn der Zeit." „Was geschieht, wenn er den Kreis verläßt?" „Das ist schlimm. Es kann den Lauf der Geschichte verändern und bedeutet mit Sicherheit das Ende von Ork Skerry. Es hat Jahre gedauert, bis mir Johanna dieses Geheimnis verraten hat. Sie war es, die mir diesen Ort gezeigt hat. Und sie bat mich, auch dich hierher zuzuführen." Harry fühlte, wie ihm die Knie weich wurden. „Gehen wir, Bill", sagte er. Der Hüne nickte.

Sie verließen die Höhle, um durch die Schlucht und über das Plateau wieder zur Burg zurückzukehren. Als sie über die sanften, sattgrünen Erhebungen des Plateaus von Ork Skerry wanderten, gewahrte Harry auf einem Berg eine, auf einem Stein sitzende Gestalt. Auf ihrer Schulter saß ein Vogel. Es war Johanna. Als die beiden Männer näher kamen, flog der Vogel - ein Greif - davon. Der Fischer blieb bei ihr stehen, während Harry voraus ging.

„Hast du auf uns gewartet?", fragte Bill seine Frau. „Ja", erwiderte sie. Dann erhob sie sich und der rothaarige Hüne nahm sie bei der Hand.. „Du siehst sehr bedrückt aus", sagte er. Es dauerte einen Augenblick, ehe sie antwortete. „Meine Träume sagen mir, daß es einen Kampf geben wird. Sie sagen mir, daß mein Ende nahe ist." „Manchmal kannst du einem richtig Angst machen. Komm, laß uns gehen."

*

Am nächsten Morgen - Harry und Bill bereiteten gerade ihre Abreise vor - erschien ein Boot mit einem Mann in der Bucht. Es war Lachlan, ein Fischer aus Linkness. Eilig lief er die Felsstufen zur Burg von Bill Wilson hinauf. Laut pochte er gegen das Tor. „Bill Wilson! Bill, mach auf." Der alte Sven öffnete ihm. Zum Dank dafür wurde er von dem hereinkommenden Mann fast umgerannt. „Mein Gott, was hast du denn, Lachlan. Dir scheint ja der Teufel begegnet zu sein", rief Wilson, der die Treppe in den Hof hinunterstieg.

„Bill, Seeräuber haben uns überfallen. Ich glaube, sie sind aus dem schottischen Hochland gekommen", entgegnete dieser nach Luft schnappend. „Dann laß uns keine Zeit verlieren. Wie viele Schiffe haben sie?" „Drei Barken und an die vierzig Männer." Lachlan sah wirklich sehr bestürzt aus.

„Wie weit ist das von hier entfernt?" rief Harry, der herbeigeeilt war, aufgeregt. „Drüben in Linkness auf Hoy, der großen Südinsel der Orkneys. Linkness liegt östlich von hier. Es sind gut zwei Stunden, die wir übers Wasser brauchen. Es kann aber auch länger dauern, wenn uns der Wind nicht gewogen ist" entgegnete ihm Bill. „Ja, aber dann ist es doch längst zu spät." Der junge Sinclair war völlig entrüstet. „Es sind vierzig Männer. Wahrscheinlich haben sie bereits jetzt schon alles niedergebrannt und das Vieh auf ihre Barken getrieben."

„Nein, ich kenne die Siedler aus Linkness", erwiderte ihm erstaunlich gelassen der rothaarige Hüne. „Sie werden sich in die unwegsamen Berge zurückziehen. Es gibt dort einige Steinwälle, die sich gut verteidigen lassen. Die Siedler besitzen Speere und Bogen."

„Woher nehmen sie das gute Ebenholz, das man für einen Bogen benötigt", wunderte sich Harry. „Sie fertigen ihre Bogen und Pfeile aus Knochen. Walfischknochen."

„Laßt uns keine Zeit verlieren", mahnte der vor lauter Anstrengung zitternde Lachlan. Er war offensichtlich mit aller Kraft hinüber zu Bill Wilsons kleiner Insel gerudert.

„Zeigt ihm, wie die Schotten auf unsren Inseln hausen." Die drei Männer drehten sich um. In der Tür zur Treppe stand Johanna Wilson. „Es ist gut, Johanna", sagte der alte Fischer und ging seine Waffen holen.

„Ich werde an deiner Seite stehen." „Dann wirst du ein gutes Schwert brauchen." Bill verschwand noch einmal im Inneren der Burg. Nach einigen Augenblicken kehrte er mit einem scharfen glänzenden Schwert und einem Schild zurück. „Nimm dies. Ein Waffenschmied aus Spanien soll das Schwert gemacht haben. Sieh nur seine Klinge an. Nicht eine Spur von Rost, so gut ist der Stahl. Die Klinge ist so hart, daß hier gebräuchliche Schwerter ihr nicht widerstehen können. Ohne dieses Schwert würde ich dich nicht in den Kampf ziehen lassen. Ich muß dich schließlich nicht an das Versprechen erinnern, daß ich Lady Isabella gegeben habe. Diese Klinge soll uns führen."

„Und mit welcher Waffe kämpfst du?" Der Hüne lachte. „Damit!" Er schwang eine große Streitaxt in die Höhe. „Mit solchen Waffen habe ich gelernt zu kämpfen. Fürwahr, wir werden die Seeräuber das Fürchten lehren." Harry verstand zwar nicht, wieso der Herr von Ork Skerry ein Schwert unter Verschluß hielt, wenn er es doch nicht benutzte, aber er sagte nichts. Er mußte daran denken, wie ihm einmal sein Vater von den berühmten Klingen der Stadt Toledo erzählte.

Hinter Bill stand der alte Sven und trug zwei Kettenhemden auf dem Armen. Vor dem Schuppen lag ein leichter Brustpanzer und ein schmuckloser Helm im Grase. Sven murmelte etwas und grinste dabei verlegen, wobei seine Zahnstummel zum Vorschein kamen.

„Sven will dir sagen, daß er dir seine Kampfkleidung überläßt", sagte Bill. „Er kann sie sowieso nicht mehr gebrauchen. Aber paß auf Harry, der Rost hat schon lange Zeit am Eisen genagt. Zieh die Sachen schnell an, wir müssen uns beeilen." Nur kurze Zeit später verabschiedeten sich die drei Männer von den Zurückbleibenden und eilten ans Meer hinunter.

Es kostete einige Kraft, das Boot aus dem Bereich der Brandung zu bringen und auf das offene Meer hinaus zu rudern. Bald schon änderten sie die Richtung. Als sie die Südspitze von Ork Skerry umrundet hatten, zog Bill sein Segel auf. Der Westwind blies kräftig und bald schoß das Langboot nur so dahin.

Vorbei an steilen Riffen ging es hinüber zur Insel Hoy. Hoy lag näher, als Harry vermutet hätte. Von Wilsons Burg aus waren die Nachbarinseln nicht zu sehen gewesen. Aber er erinnerte sich an den Blick, den sie vom Plateau aus genossen hatten. Hoys Küste war felsig und unwirtlich. Kein Platz, wo man hätte anlanden können.

„Wo soll denn die Siedlung sein?" fragte er Lachlan. „Keine drei Meilen von hier. Am Ostufer von Hoy. Wir müßten dafür um jene Landspitze herum, die ihr da vorne seht. Es ist die Einfahrt in den Hoysund."

„Das werden wir nicht tun" antwortete Bill dem Siedler. „Es wäre der sichere Tod, in der Bucht zu landen, wo die Barken der Hochländer liegen. Laßt uns hier an Land gehen." „Hältst du das für richtig, Bill", wimmerte Lachlan. „Ausgerechnet hier." Er spielte damit eindeutig auf die gefährlichen Klippen an, die links und rechts aus dem Wasser ragten. „Laß mich nur machen. Ich bin ein guter Schiffer."

„Aber ich wüßte einen guten Platz, unmittelbar hinter der Spitze da vorn." „Schluß jetzt. Wir gehen kein Risiko ein. Vertraue mir, Lachlan."

Und tatsächlich, Bill setzte das Langboot sicher an den Strand. Die drei Männer stiegen aus. Der Platz war wirklich gut gewählt. Ein hohes Felsenriff verdeckte die Sicht weiter nach Süden. Allerdings ragten auch unmittelbar vor ihnen steile Klippen empor. „Hier

104

werden wir hochklettern", sagte Bill. „Bleibt dicht hinter mir. Ich kenne den Weg durch den Felsen." Die beiden anderen nickten. Was blieb ihnen auch anderes übrig. Der Hüne setzte Hände und Füße geschickt ein und bahnte sich so zielsicher seinen Weg. Von Zeit zu Zeit überlegte er kurz, wählte schließlich den richtigen Griff und gab den nachfolgenden Männer Hinweise, welche Steine sie besser nicht berühren sollten.

Ihre Aufmerksamkeit vollkommen auf das Erklimmen der Klippe gerichtet, achteten sie heute nicht auf die Seevögel, die schreiend und kreischend über sie hinwegflogen. So kletterten sie, Waffen und Schilde auf dem Rücken verstaut, Berghang um Berghang nach oben. Ohne große Verzögerung bewältigten sie die Küstenfelsen und gelangten schließlich auf eine mit Gras bewachsene Hochfläche.

„Von hier aus dürfte es nicht weit sein bis zu den Steinwällen", sagte Lachlan zu den beiden anderen. „Wenn wir weiter im Westen an der Küste des großen Ozeans an Land gegangen wären, hättet ihr die höchsten Klippen der Orkneys bewundern können" erklärte Bill dem jungen Sinclair. „Sie sind an die tausend Fuß hoch. Schon allein deswegen sah ich mich gezwungen, das Boot an diesem Platz anzulanden."

„Kommt, laßt uns keine Zeit verlieren." Lachlan drängte zur Eile. Die drei liefen immer schneller über die grünen Hügel der Insel Hoy. Sie brauchten nicht lange, bis sie die ersten Rauchzeichen sahen. „Das ist sicher die Siedlung." Harry zeigte in Richtung Süden, zur Küste zu. „Diese Schweine", preßte Lachlan hervor. „Kommt, die Steinwälle sind da vorne."

Sie bewegten sich nun vorsichtig weiter, bis sie einen Ringwall aus gemauerten Steinen erreichten. Darüber erkannten sie die Köpfe von zwei Männern. „Lachlan, Bill, schnell, kommt."

Die drei kletterten an der Mauer empor. Innerhalb des Ringwalls befand sich eine größere Anzahl wehrfähiger Männer. Freudig grüßten sie ihre Verstärkung, besonders den großen Bill. „Wo habt ihr die Frauen, Kinder und Greise untergebracht?" fragte Harry Lachlan. „Sie suchen bei Überfällen dieser Art immer Schutz in einer großen Höhle südlich von hier" erwiderte dieser. „Man nennt sie die Zwergenhöhle und ihr Eingang ist schwer zu finden. Dort haben wir auch das Vieh hingetrieben, das wir in der Eile noch retten konnten"

„Kommt hierher, auf die Südseite" rief einer der Männer den Neuankömmlingen zu. Man stieg über eine einfache Treppe aus Steinplatten auf eine Art Plattform hinauf.

„Seht euch das an." Ein kräftiger Mann, der ein Schaffell um den Leib geschnürt trug, wies nach unten. Tatsächlich, die Siedlung war angezündet worden. Rauchwolken entstiegen den Häusern, viele der Torfdächer waren eingestürzt. Die Seeräuber hatten sich über ein paar Rinder hergemacht, die anscheinend nicht mehr rechtzeitig in Sicherheit gebracht werden konnten. Ein Ochse hing bereits aufgespießt über einem Feuer.

„Die alte Agnes haben sie erschlagen. Sie war zu schwach, um den Marsch in die Berge noch einmal anzutreten."

Harry schätzte die Entfernung bis zum Ufer. Die mit großen Steinbrocken gespickten Wiesen fielen steil zur Meeresbucht hin ab. Ihr Versteck lag gut fünfhundert Fuß höher als die Siedlung. Wenn man den Blick weiter über die Wasser von Scapa Flow streifen ließ, konnte man am Horizont Pomona, die Hauptinsel der Orkneys, erkennen.

„Was machen wir, Bill? Greifen wir an?" drängte einer der Männer. „Fragt jenen jungen Mann dort. Das Schicksal dieser Inseln liegt in seiner Hand, nicht in meiner. Soll er entscheiden. Fragt ihn. Fragt den Erben von Earl Malise."

„Ist dies wahr" fragten die Männer Harry. „Ja und doch wieder nein. König Haakon zaudert, mir mein Lehen zu übergeben. Wohl aus dem Grund, daß er die Orkneys nicht auch wie einst die Hebriden verliert, denn ich bin Schotte."

„Hatte Earl Malise nicht auch schottisches Blut in seinen Adern?!" entgegnete Bill. „Wichtig ist unseren Inseln nur der Frieden. Der Frieden, den die alten Leute noch aus den Tagen deines Großvaters kennen, Sir Henry."

„Da hat er Recht" riefen nun auch die Männer einstimmig. „Nicht, daß es uns egal ist, wer du bist. Aber nur, wenn du dafür sorgen kannst, daß das unglückselige Treiben der Seeräuber und die hohen Abgaben für Bischof William ein Ende haben, bist du unser wahrer Herrscher. Solange vertrauen wir auf die Schärfe unserer Äxte."

„Nun gut, wenn ihr mich denn fragt, dann sage ich euch, wir werden diese Räuber ins Meer zurückjagen, über das sie gekommen sind. Doch dann muß ich zurück nach Schottland. Denn ich lehne es ab, mit den Mitteln der Gewalt mein Erbe zu gewinnen."

„Wie wollt ihr das jemals schaffen?" fragten ihn darauf einige. „Mit dem rechten Wort und der Hilfe Gottes."

Es entstand eine kleine Pause. Schließlich stellten sich einige der Männer von Linkness dem jungen Sinclair vor. Ohne das Auftauchen von Bill und jenes seltsamen Enkels des großen Malise hätten sie wahrscheinlich in ihrer Bergfestung ausgeharrt, bis die Barken der Seeräuber wieder davongesegelt wären.

Nun aber erfaßte sie ein grenzenloser Mut und voller Erwartung prüften ihre Finger die Schärfe des Axtblattes. Klangvolle Namen hörte Harry, wie Sveighir, Jäger der großen Seeschlange, Iain, der Kühne, Fraoch Bärenfell, John Zwergenhammer oder Thorquil, der Barde usw.. Insgesamt an die fünfundzwanzig Mann, manche davon fast dreimal so alt wie er selbst. Bill zwinkerte ihm zu. „Wir können den Augenblick der Überraschung für uns nutzen."

„Ihr werdet eure Knochenbogen brauchen" sagte Harry zu Sveighir. Thorquil wies auf ein kleines abseits stehendes Haus am Hang.

*

„Dieses Fischergesindel ist wahrhaft ein schreckhaftes Pack." „Da hast du recht, Gillean. Ich wette, sie schauen mit schlotternden Knien von ihren Felsen hinab, wie wir uns den Wanst an ihrem Ochsen vollschlagen." Darauf biß der stämmige Mann in ein saftiges Stück, das auf einem großen Dolch aufgespießt war und verzog dabei die Fratze genüßlich. Sein Gesicht wurde von einer wilden zotteligen Mähne umrahmt. Fitzroy, so nannte er sich, sah nach einem richtigen wilden Hochländer aus.

Der andere, der auf den Namen Gillean hörte, blickte auf die Hänge. „Scheint alles ruhig. Hier müssen wir wieder mal hinkommen."

„Vielleicht nächstes Jahr?" Weiter kam Fitzroy nicht. „Werdet fertig!" schrie es hinter ihm. „Wir wollen vor Sonnenuntergang auf offener See sein", schrie ein lang aufgeschossener Hüne, der gerade aus einer Hütte trat. Es war Wulfisthan, der Anführer der Seeräuber.

Unten an den Barken waren schon einige Männer, die sich um die Verladung der wenigen Habseligkeiten der Siedler kümmerten. Gillean stand auf und trat das Feuer aus, wobei er noch einmal den Blick über die Berge schweifen ließ. Er verhielt etwas, als er zu der kleinen Hütte schaute, die ungefähr zweihundert Fuß von der restlichen Siedlung entfernt stand. Irgendwie hatte er das Gefühl, es wäre eine Gestalt dahinter verschwunden.

Das war alles, was er noch bemerkte, denn plötzlich stürzte er nach vorn. Aus seinem Lederkoller ragte eine kleine Pfeilspitze hervor. Ein Aufschrei ging durch die Reihen der Seeräuber. Etliche brachen von Pfeilen getroffen zusammen. Kleinere Büsche, die auf den unteren Hängen wuchsen, schienen mit einem Male zu leben. „Zurück zu den Barken" tönte laut Wulfisthans Ruf.

Doch es war schon zu spät. Mit dem wilden Schlachtruf der Orkneys rannten die Männer von Linkness auf ihre Gegner zu. Diese mußten sich inzwischen eines zweiten Pfeilhagels erwehren. Der Zusammenstoß war unvermeidlich. „Das Maß ist voll", rief Bill voller Haß. „Macht euch auf euer Ende gefaßt." Schwerter und Streitäxte blitzten in der Luft. Auf dem Platz vor der kleinen Kirche der Siedlung prallten sie aufeinander. Verbissen und ohne Gnade führten die Gegner ihre Waffen. Stahl begegnete Stahl. Harry wurde von den beiden Hochländern Mackinnon und Fingon angegriffen. Hart prasselten die Schläge, die er zuerst mit dem Schild abwehren mußte. Doch dann blitzte ein heller Schein in seiner Hand auf. Mit einem Hieb zerschlug er den Schaft von Mackinnons Axt und zerteilte dessen ledernen Brustpanzer, so daß Mackinnon blutüberströmt dahinsank. Dem danebenstehenden Fingon erstarrten sämtliche Glieder, wie er seinen Gefolgsmann so fallen sah. Der Ritter, der das Schwert gegen sie führte, schien sich gar seltsam zu verändern. Nein, oh Grauen, was ist das. Die allgewaltigen Götter zürnen uns?! Ihm war, als hätte ihn der Wahnsinn gepackt. Vor sich sah er einen großen wilden Bär, der mit einem einzigen Schlag seiner großen Tatze Mackinnon die Brust aufriß. Welch schrecklicher Dämon. Fingon versuchte das schreckliche Trugbild zu verdrängen. Kaum hatte er sich wieder in der Gewalt, schnellte auch gleich seine große Keule nach vorn, um den ersten Gegenschlag Harrys parieren zu können. Doch die Visionen ließen den Hochländer nicht in Ruhe. Seine Kraft war wie gelähmt, als er gewahrte, daß sich sein Feind abermals verwandelte.

Fingon sah nur noch den riesigen Bären sich über ihn erhebend. Die langen scharfen Krallen seiner Tatze glitzernden so schön in der Sonne. Er spürte den Schmerz nicht mehr, er sah nur noch dieses Glitzern, das immer größer werdend nun sein ganzes Blickfeld ausfüllte.

Die Schotten sahen, wie Fingons Kopf durch die Luft flog. Bei allen Heiligen, Fingon war einer ihrer besten Recken. Nur der riesige Anführer Wulfisthan und Fitzroy übertrafen ihn an Kraft und Geschicklichkeit im Kampf.

Der Ritter, der sich mit seinem Schwert auf immer neue Opfer in ihren Reihen warf, trug nur einen leichten Brustpanzer und ein Kettenhemd. Auch sein Helm war schlicht und schmucklos. Doch hatte er ihnen nicht gälische Schlachtrufe entgegen geschleudert?! Und woher besaß ein einfacher Siedler ein solches Schwert? Die Hochländer wußten nicht, daß es dieses Schwert war, das diesem Ritter ungeahnte Kräfte verlieh. Seinen Schlägen hielt keiner stand und bald graute es jedem Gegner vor dieser Klinge.

Am längsten jedoch kämpften Bill Wilson und der riesige Wulfisthan, die sich zuletzt gegenüberstanden. Niemand wagte es, sich in diesen Kampf einzumischen. Auch Harry nicht, jedenfalls noch nicht. Mit unerbittlicher Wucht knallten die gewaltigen Streitäxte der beiden gegeneinander. Funken stoben, wenn die Stahlflechten der Schilde getroffen wurden. Sie waren bald unbrauchbar und wurden von den verbissenen Kämpfern weggeschleudert. Doch bald sollte der Herr der Inseln den Altersunterschied zwischen sich und seinem Widersacher zu spüren bekommen. Die Zeit zehrte an seiner Ausdauer. Seine Bewegungen wurden langsamer, so daß es Wulfisthan gelang, einen schrecklichen Schlag auszuführen, dem sich Bill nicht mehr rechtzeitig entziehen konnte. Mit einem einzigen Hieb trennte ihm sein Gegner die linke Hand vom Arm.

Da ging Harry dazwischen. Angesichts der tödlichen Bedrohung seines alten Freundes und Lebensretters hätte ihn keine Macht der Welt in diesem Moment aufhalten können. Sein Schwert sauste auf Wulfisthan zu, der schützend die Streitaxt zur Gegenwehr hob. Doch nichts war der härtesten Klinge dieses Kampfes gewachsen. Die Axt des Räuberhäuptlings zerbarst in mehrere Teile. Mit fassungslosen Augen sahen es die Umstehenden. Der Hüne erkannte, daß die Schlacht verloren war. Er ergriff die Waffe eines Toten und bahnte sich, wie von einem Dämon besessen, seinen Weg zu den Schiffen. Keiner wagte es, sich diesem furchterregenden Riesen in den Weg zu stellen. Er war der letzte, der entkam.

Während des Kampfes hatten einige der Seeräuber eine der Barken flottgemacht und als Wulfisthan als letzter an Bord sprang, abgelegt. Sie entschwanden mit Kurs auf die offene See.

Auf dem Platz vor der Kirche blieben die Sieger zurück. Die Feinde lagen erschlagen um sie herum. Aber auch manches fröhliche Inselherz schlug nicht mehr. Fraoch Bärenfell lag mit gespaltenem Kopf im Staub, neben dem Hochländer Fitzroy, den er noch zuvor mit seinem Speer durchbohrt hatte. Iain der Kühne lag schwerverwundet neben der Kirchentreppe. Blut sickerte unter dem Wollhemd hervor. Seine rechte

Schulter war durch einen Keulenhieb zertrümmert worden. Trotz dieser Verluste konnte sich keiner der Siedler erinnern, jemals einen so vollkommenen Sieg über die Seeräuber errungen zu haben.

*

Sie stiegen die Treppen zu der steinernen Kirche empor. Die Schotten hatten es nicht gewagt, sie gleich den anderen Steinhäusern dem roten Hahn zu opfern. Die Tür stand sperrangelweit offen. Die über und über mit Blut besudelten Männer traten über die Schwelle. Schmucklos war die kleine Kirche eingerichtet. Verständlich, daß es hier für die Räuber nichts zu holen gab.

Wortlos sanken Bill, Harry und die übrigen in die Knie. Nach einem kurzen Dankgebet wandten sie sich wieder nach draußen. Erst jetzt fiel Harry auf, wie schön dieser Tag war. Die Sonne schien zwischen kleinen weißen Wolken hervor, so als wäre nichts geschehen. Er roch das Salz von der See her. Oben auf den grünen Hängen konnte man ein paar Punkte erkennen. Die Frauen und Kinder kehrten wohl aus ihrem Versteck zurück.

Plötzlich durchfuhr es ihn jäh. „Bill, was ist, wenn diese Barke nicht nach Schottland zurück segelt?" „Was willst du damit sagen", entgegnete ihm der rothaarige Wilson, nichts gutes ahnend. „Er meint deine Insel, Bill", sagte Sveighir. „Johanna", riefen da Bill und Harry wie aus einem Munde. „Der alte, klapprige Sven wird die Burg wohl nicht lange halten können."

„Los, schnell zu den Barken." „Das wird nichts bringen, die Seeräuber haben Ruder und Riemen zerschlagen", gab John Zwergenhammer zu bedenken. Doch Sveighir, der Jäger der großen Seeschlange, hatte eine Idee. „Ich habe hier ganz in der Nähe ein altes Walfangboot versteckt. Auf diesem können wir mit acht Mann die Verfolgung aufnehmen." „Dann laß uns keine Zeit verlieren", meinte Bill. Sveighir und John Zwergenhammer verschwanden.

Jetzt erst schien Bill den Schmerz zu spüren, den ihm der blutende Armstumpf bereitete. „Los kommt, es dauert, bis die beiden zurück sind." Harry und auch die anderen merkten wohl, was er vor hatte. Bill Wilson lief hinüber zu einem noch glimmenden Lagerfeuer, das die Seeräuber notgedrungen zurückließen und streifte den Ärmel zurück. „Wir müssen handeln, bevor sich die Wunde entzündet" knirschte er hervor. „Los, steht nicht so da wie die Heiligen, oder habt ihr noch nie die Wunde eines Mannes ausgebrannt." Bill schrie den Kreis der versammelten Männer an. „Was soll ich tun Bill" entgegnete Harry. „Ihr müßt mich nur festhalten." Daraufhin steckte der rothaarige Hüne, den Griff seines Messers zwischen die Zähne. Anschließend fiel der große Bill Wilson direkt vor dem Glutbett auf die Knie - von hinten packten ihn beherzte Hände - und stieß den Armstumpf ins schwelende Feuer.

Tief und jäh durchfuhr den riesigen Mann der Schmerz. Doch nur einen Augenblick später erhob er sich wieder und wandte der Siedlung den Rücken zu. Vom Ufer winkten inzwischen Sveighir und John. Das Boot lag bereit. Harry, Bill und vier weitere Männer schritten zu dem kleinen Steg, ohne viel Worte des Abschieds, denn es galt, keine Zeit mehr zu verlieren.

Vier Männer ruderten das Walfangboot. Man wechselte sich ab. Die Barke der Seeräuber tauchte bald hinter den Klippen wieder auf. Allerdings war ihr Vorsprung schon beträchtlich. Da sie über zwei Segel den Wind nutzen konnten, würde er sicher noch weiter anwachsen.

Als die Barke vor ihnen auf den Kanal einschwenkte, der aufs offene Meer hinausführte, hielten alle den Atem an. Wenn sie nun in nördlicher Richtung abdrehen würde, wäre das Spiel verloren. Nordwestlich vor ihnen lag Wilsons kleine Insel. Auf der südwestlichen Seite die steilen Klippen von Hoy.

Dazwischen die unendliche Weite des Ozeans. So sehr die Männer auch hofften, die Barke möge auf die offene See entschwinden, sie tat es nicht.

„Verflucht sei dieser Tag", flüsterte Bill kreidebleich. „Sie können immer noch in die Berge fliehen. Der alte Sven sieht doch sicher das feindliche Schiff." „Es ist gut, daß du mich trösten willst, Sveighir. Aber glaube mir, ich fühle, daß etwas Schlimmes geschieht." Sveighir und auch die anderen Männer schwiegen daraufhin. Dafür verdoppelten sie ihre Anstrengungen, das Boot schneller über die Wellen voran zu bringen.

Bill stieß einen fürchterlichen Schrei aus, als er sah wie die Barke hinter seiner Insel verschwand. Nun gab es keinen Zweifel mehr, sie würden seine Burg finden. Es war anzunehmen, daß die Seeräuber den große Bill kannten und wußten, daß er auf Hoy mitgekämpft hatte. Somit wähnten sie sich sicher, seine Burg anzugreifen und Rache zu nehmen für den mißglückten Raubzug.

Und so sehr sich die Siedler auch in den Riemen mühten, der Vorsprung der Seeräuber war zu groß. Nun konnten sie nur noch hoffen, daß sich die wenigen Bewohner der Burg dem drohenden Unheil durch Flucht entziehen würden.

Als sie an der ersten großen Klippe von Ork Skerry vorbeigerudert waren, konnten sie das ganze Ausmaß der Tragödie erahnen. Die Barke lag mit dem Kiel im Sand: Nirgendwo jemand zu sehen. Ein friedliches Bild; und dennoch trügerisch.
Denn auf einmal erschienen auf den Zinnen zwei Männer, die einen dritten hinabwarfen. Der alte Sven starb, zerschmettert auf den felsigen Riffen unterhalb der Burg. Die Seeräuber mußten die drei völlig überrascht haben. Aus einem der Fenster züngelte Rauch empor. Die Männer der Orkneyinseln mußten von ferne mit zusehen, wie die Burg von Bill Wilson zerstört wurde wie zuvor ihre Siedlung. Wahrscheinlich hatten sie bereits alle getötet.

Da traten aus dem sperrangelweit geöffneten Tor sieben Männer. Fünf eilten den schmalen Pfad hinab zu der Barke, um sie eilends flott zu machen, während die anderen zu warten schienen. Auf was warteten sie. Fassungslos vernahmen Bill und seine Freunde im Walfangboot einen Ruf vom Ufer her. Der fürchterliche Wulfisthan stand im Tor, mit den Händen eine Geisel vor sich her schiebend. Eine Frau. Johanna! „Dies ist euer Ende, Wilson." Dem alten Fischer standen die Tränen in den Augen. Sie sahen, wie die drei Männer mit ihrer Geisel den Pfad, der zu dem Plateau führte, einschlugen. Einer stieß die Herrin von Ork Skerry vor sich her. Bill war kreidebleich im Gesicht. Er mußte tatenlos alles mit ansehen. Nur ein Schrei löste sich aus seinem Munde: „Nein!"

Sie waren nicht mehr weit vom Ufer entfernt. Die Barke steuerte nun direkt auf sie zu, gerade so, als wolle sie das Walfangboot rammen und versenken. Sveighir, der Jäger der großen Seeschlange, John Zwergenhammer, Harald vom Steilhang und nicht zuletzt Harry wußten, was sie Bill schuldig waren. Niemals wurden die Pfeile der Knochenbogen von Hoy treffsicherer gelenkt. Die Schurken auf der Barke brachen allesamt, tödlich getroffen, zusammen. Das Ruder der Barke drehte sich, das Schiff verlor an Fahrt und wurde schließlich durch die Brandung zurückgetrieben.

Nur Bill hatte für all dies kein Auge mehr. Hoch oben auf einem Felsen standen die drei letzten Seeräuber, die Frau dicht an den Rand des Felsens gedrängt. Für sie kam jede Hilfe zu spät. „Du hast es so gewollt, Bill", sagte der alte Fischer zu sich selbst mit gebrochener Stimme. „Das ist das Ende von Ork Skerry."

Das Walfangboot lief auf den Strand auf. Die Männer sprangen ins seichte Wasser. Harry lief allen anderen voran; behende sprang er über Felsen, Klippen und Steine. „Euer Geschlecht soll untergehen", höhnten die schottischen Hochländer zu ihren Verfolgern hinab. Sie meinten Bill und er wußte es nur zu gut.

Immer wieder blickte Harry während seines Laufes nach oben. Auf seinen Fersen waren bereits drei weitere Männer aus Linkness. Doch was hatten sie noch für eine Möglichkeit, die Frau zu retten.

Auf einmal hörte Harry einen lauten Schrei. Er sah hinauf. Eine scheinbar leblose Gestalt fiel ihm entgegen. Dumpf schlug der Körper auf den oberen hervortretenden Klippen auf. Es war nur ein Dutzend Schritte von ihm entfernt. Der junge Sinclair stürzte los.

Als er die Klippe erreichte, erkannte er, daß hier jede Hilfe zu spät kam. Leib und Beine waren zerschmettert. Ihr Blut färbte die Steine rot. Langsam beugte sich Harry über die Frau. „Johanna." Er legte ihren Kopf zwischen die Knie.

Sie war noch nicht ganz tot. Langsam öffneten sich ihre Lippen, wohl nun zum letzten Male. „Du bist es, junger Schotte. Wie du siehst, hatte ich Recht. Meine Zeit ist nun da. Sie war schon lange gekommen und ich wußte es, als ich dich sah. Mit mir ist mein Geschlecht erloschen." Harry wollte noch etwas sagen. „Du weißt, daß Bill..."

„Sag Bill, daß ich auf ihn warten werde, zwischen den Türen der Welt. Hätte ich doch nur noch einmal sehen können, wie du aussiehst. Wenn ich nun ins himmlische Reich Gottes einziehe, werde ich bestimmt deinen berühmten Großvater Malise wiedersehen. Ich werde ihm sagen, daß er eine gute Wahl getroffen hat. Du bist ein würdiger Erbe." Die letzten Worte schienen ihr ungeheure Schmerzen zu bereiten. Doch Harry mahnte sie nicht, denn er wußte, daß die Sterbende vor dem letzten Gang ihre Seele reinigen wollte.

„Du hast das Schauspiel in der Höhle gesehen, Schotte. Vergiß nie, was dir Bill dazu gesagt hat. Nie! Versprich es mir." Ein dünner Blutfaden rann aus ihrem Mund. Die Schmerzen und Leiden schienen aus dem Gesicht zu weichen. Johanna sah glücklich und zufrieden aus, bereit für den Tod. Die letzten Worte kamen ganz leise, so wie aus weiter Ferne. „Wir sehen uns in einer besseren Welt, Harry. Wo kommt dieses Licht her? Dieses Licht..." Dann verschied sie.

Harry nahm den Körper und trug ihn die Felsen hinab. Auf dem halben Weg hinab zur Bucht kam ihm Bill entgegen. Der rothaarige Hüne schien um hundert Jahre gealtert zu sein. Leichenblaß sah er aus. Der junge Ritter übergab ihm den toten Körper seiner Frau. Bill legte sie sanft auf die Erde. Der brennende Haß seines Herzens hatte sich in eine unbeschreibliche Trauer verwandelt. Harry wandte sich indes an die Siedler von Linkness. „John, Sveighir, ihr kommt mit mir. Wir werden ihren Tod rächen. Die Mörder entkommen uns nicht."

*

Die drei brauchten nicht lange zu suchen. Ihre Gegner warteten auf sie an einer Hügelkuppe auf der kleinen Hochebene der Insel. Ohne eine Reaktion der Schotten abzuwarten, schickten sie mit einem Pfeilhagel zwei der Schurken zu Boden. Nur Wulfisthan blieb übrig.

„Wer bist du" höhnte er Harry an. „Du gehörst nicht zu jenem Fischerpack, mit dem du dich umgibst." Der große Anführer der Räuber kannte die nordische Sprache gut. Es verwunderte sogar Sveighir und John. Aber nicht den jungen Sinclair.

„Ich bin der Erbe Earl Malises und Schotte wie du" gab er ruhig zurück, obwohl es ihn eine mächtige Anstrengung kostete, die Beherrschung nicht zu verlieren. Wulfisthan zeigte sich jedoch keineswegs beeindruckt. „Ich kenne den Erben Malises sehr gut. Ihr seid es nicht."

„Schickte euch jener angebliche Erbe auf diesen Mordzug? Warum sollte er sein Erbland mit Raub und Mord überziehen? Das leuchtet mir nicht ein. Euch etwa? Wollt ihr für irgendeinen Lügner sterben?"

Wulfisthan wunderte sich über solche Rede. Nun wurde er unsicher. „Wollt ihr den Anspruch von Sir Alexander de Ard verleugnen" „Aha, daher weht der Wind. Der ehrenwerte Cousin", antwortete Harry. „Alexander besaß nie einen Anspruch. Und sollte es jemals so sein, dann hätte er ihn jetzt verwirkt." Er legte die Hand an den Griff seines Schwertes.

„Ihr müßt Sinclair sein. Mein Gott, wie verschlägt es euch hierher?" „Das brauchst du nicht zu wissen, Schurke" Wulfisthan fingen die Knie an zu zittern. Auf diese Wendung war er nicht gefaßt. Langsam ging er, den Blick auf seinen Gegnern geheftet, rückwärts. Schließlich drehte er sich auf dem Absatz und fing an zu laufen. Als er schon fast hinter der Kuppe des Hügels verschwunden war, stürzte er nach vorn. Ein Pfeil hatte ihn fein säuberlich durchbohrt.

*

Am Strand standen sieben Männer im Kreis um ein Boot herum. Keiner sprach ein Wort, sie sahen nur auf das Boot und was darinnen lag. Von den Felsen her näherte sich ein achter Mann dem Ufer. Lautlos trat er in den Kreis.

„Sie sind tot." „Ja." Harry nickte. „Harry, du weißt, daß sie dir das Vermächtnis übertragen haben. Ich bin ein gebrochener alter Mann. Die Verantwortung für die Zukunft liegt auf deinen Schultern" „Ja." Der junge Sinclair nickte abermals.

„Durch diesen Tag brennt das Feuer des großen Orc nun auch in dir, ist dein Schicksal mit dem Schicksal dieser Inseln verknüpft. Laß mich allein, ich muß allein sein in meinem Schmerz über den Verlust von Johanna."

Die Männer bestiegen die Barke der Seeräuber und führten das Walfangboot mit sich. Als sie aus dem Bereich der Brandung waren, gaben sie dem Boot einem Stoß, so daß es auf die offene See trieb. Als sie hundert Fuß von dem Boot entfernt waren, schossen sie ihre Brandpfeile ab.

*

„Werdet ihr wiederkommen" fragten die Siedler von Linkness den jungen Sinclair. „Ich verspreche euch, daß ich zu euch zurückkehre und von Kirkinvaghe aus ein Reich des Friedens aufbauen werde in Gedanken an meinen Großvater, den Earl Malise."

Harald und sechs weitere Männer bestiegen die Barke, die in Richtung Süden segelte. Als sie die Bucht von Scapa Flow verließen und über einen breiten Meeresarm der Nordspitze Schottlands zustrebten, versank gerade die Sonne als glutroter Feuerball im Meer.

Da mußte Harry mit einem Male an den alten Morlay und ihren gemeinsamen Traum denken, an die Erzählung Bills von jenem wundersamen Land auf der anderen Seite des Meeres.

Nein, so leicht war er nicht zu bezwingen - der große abendländische Ozean, ganz gleich ob es nun die einen das Meer der Finsternis oder die anderen das Meer des Lichtes nannten. Ganz gleich, was über gewaltige Meerungeheuer, Schlangen und Wale, die ganze Flotten verschlingen berichtet wurde. Allein Sturm und Wellen genügten, um den Seefahrern zum Verhängnis zu werden. Westlich der Orkneyinseln herrschte die rauhen Gewalten der Natur uneingeschränkt und man mußte schon auf gute Winde und die Gnade des Himmels hoffen, um ein Schiff auch nur bis zu den Frislandinseln zu steuern. Dahinter lag noch Island, das alte Thule und noch weiter zum Rande zu lag Grönland.

Wie vielen Schiffen vor ihnen waren wohl die treibenden Eisberge zum Verhängnis geworden. Nicht einmal bis dorthin hatten sie es geschafft. Was nützte da dem alten Morlay seine jahrtausendealte Karte, wenn Gott ihnen die Meerfahrt zum Rande der Welt verweigerte. Daß es dennoch zu schaffen war, bewies die Erzählung des alten Fischers.

Steuerbord über den Bug wurde die einzelnen Umrisse der Küste Schottlands immer deutlicher sichtbar. Sicher, die Klippen waren nicht so hoch wie auf Hoy, doch wuchsen bereits gedrungene Bäume auf den Felsen, die ersten Vorboten der schottischen Wälder. Dort drüben lag Caithness, das Land der Katze. Erst vor zwei Jahrhunderten hatten es die Schotten dem König von Norwegen wieder abgenommen.

„Das Land der Katze, Sir Henry", sagte Thorstein Rabenfeder und zeigte zur Küste hinüber. „Es gehört gleichfalls zu den Erblanden eures Großvaters. Nur, daß er dort den Stuarts zum Lehnseid verpflichtet war" „Ich weiß", entgegnete Harry. „Wie nennt ihr diese Meeresstraße?"

Thorstein runzelte die Augenbrauen und sah den jungen Ritter ungläubig an. „Sie trägt bei uns keinen Namen, trennt sie uns doch von den Schotten, die drüben in Caithness leben." Harry schritt zwei Schritte weiter und beugte sich weit über die Reling. „Dieser Sund soll nicht mehr trennen. Er soll verbinden", murmelte er, so daß es nur die Fische hörten. Dann wurde er lauter. „Die Zeiten der Seeräuberei, des Plünderns und Mordens werden ein Ende haben, Thorstein. Das verspreche ich dir. Es wird Zeit, daß wieder Recht und Gesetz auf die Inseln des großen Orc zurückkehren."

Wie er so sprach, merkte er, daß es ihm nicht leicht fallen würde einmal von Lothian Abschied zu nehmen. Sofort stiegen in ihm die Erinnerungen an Rosslyn, das Tal der Esk, die Moorfuß- und Pentlandberge hoch.

Immer näher rückten die Felsen von Caithness. „Sieh, Thorstein", rief er dem Fischer zu. „So ähnlich sieht es in Lothian aus. Meine Heimat, aus der ich stamme. Diese Berge dort könnten die Pentlandberge südlich von Edinburgh sein." „Weißt du was, ich werde diesen Meeresarm den Pentland Firth nennen."

Thorstein schüttelte lachend den Kopf und ging an die Schoten, weil er eine leichte Windänderung spürte. „Die Barke macht gute Fahrt, Sir Henry", rief er. „Der Nordwest bläst kräftig in unser Segel und die Höhe der Wellen sind kein Grund zur Sorge. Morgen könnten wir schon ein ganzes Stück weiter südlich sein."

„Sagt, Thorstein, wart ihr schon einmal weit draußen auf dem großen Meer?" „Das war jeder von uns schon. Wohl viele Male. Ich habe auf einem Balinger einmal ein Walrudel bis zu den Frislandinseln verfolgt. Damals hatte ich in Kirkinvaghe angeheuert." „Und seid ihr noch weiter westlich gekommen?"

Thorstein machte das Tau am Block fest. „Starke Westwinde zwangen uns zur Umkehr, Sir. Aber man erzählt, daß viele Segeltage dahinter das wunderbare Waldland liegt. Die Wikinger gaben ihm diesen Namen, weil es dort unendlich viele Wälder geben soll. Man munkelt, daß der alte Bill einmal dort drüben gewesen ist."

'Na, hat er es euch denn nicht erzählt?' wollte Harry schon fragen. Da erinnerte er sich an den Schwur, den er dem alten Fischer gegeben hatte. Thorstein achtete seiner nicht und erzählte weiter „Wer weiß, ob es dieses Waldland tatsächlich gibt?!" seufzte er schwer. „Die Priester in Kirkinvaghe warnen unsereiner jedenfalls davor, an den Rand der Welt zu segeln. Dort wäre das Weltenende und jeden treffe der Fluch Gottes, wenn er versuchen sollte, westlich der Frislandinseln nach Land zu suchen. Aber die Kuttenträger schrecken mich nicht, Sir Henry. Wir, die wir uns vom Meer ernähren, kennen seine Tücken und Gefahren recht gut. Ja, und Waldland?" er wiegte den Kopf leicht hin und her. „Man hört immer wieder, daß es weiter oben, in Thule, unerschrockene Männer geschafft haben sollen, Waldland zu erreichen. Wohl weil sie auf Odin, Thor und die anderen der alten Götter vertrauten."

Harry sah, wie der letzte Blick auf den weiten offenen Ozean hinter der Nordspitze Schottlands verschwand. Große Wolken türmten sich am Horizont über den Uferbergen von Caithness auf. Sie kündigten einen neuen Sturm vom Ozean her an. Dazwischen schimmerte noch das tiefe Rot des Abendhimmel. „Ich werde es finden", flüsterte Harry leise, so daß es der andere nicht hören konnte. „Ich werde Drogeo finden und meine Schiffe werden mit dem Segen Gottes segeln."

*

Einige Tage später ankerte eine kleine Barke im Hafen von Musselburgh. Zwischen rauhen bärtigen Seeleuten fiel ein junger Mann auf, der - obwohl einst vom Firth of Forth aufgebrochen - nicht als der zurückkehrte, der er einmal gewesen war. Die Schicksalsschläge der letzten Wochen und Monate hatten ihre Spuren hinterlassen. Er wußte nun, wie schwer es wirklich war, dem Meer zu trotzen und wieviel Glück er gehabt hatte, heil von der Reise zurückzukehren.

Vor allem wußte er aber, welche Aufgaben ihm bevorstanden, sollte er wirklich eines Tages das Erbe seines Großvaters antreten. Die Orkneys waren voller Unruhe, die Bauern und Fischer mußten sich Steuereintreibern des Bischofs auf der einen und dem Seeräubergesindel auf der anderen Seite erwehren.

Noch an den Docks verabschiedete er sich von den anderen. Zunächst lag vor ihm der Weg die Esk aufwärts - dorthin wo ihr nördlicher Lauf die Moorfußberge im Süden und die Pentlandberge im Norden trennte. Das Ziel von Sir Henry Sinclair war die Burg von Rosslyn.

Bibliografie

Pohl, Frederick Julius;	Prince Henry Sinclair; London 1974
Macaulay Trevelyan, George	Geschichte Englands, 3.Auflage, Leibnitz Verlag München 1947
Chronicle Communications Ltd.,	Chronicle of Britain, Hampshire 1992
Baigent, Michael; Leigh, Richard;	Der Tempel und die Loge; Bastei-Lübbe 1989
Kinder, Hermann; Hilgemann Werner;	dtv-Atlas zur Weltgeschichte; dtv 1964
Schreiber, Hermann;	Die Geschichte Schottlands; Augsburg 1996
Sippel, Hartwig;	Die Templer; Amalthea, Wien 1996
Major, R. H.;	The Voyages of the Venetian brothers Zeno to the Northern Seas in the Fourteenth Century; Boston 1875
Maclean, Fitzroy	Schottische Clangeschichten; Augsburg 1996
Rackwitz, Erich;	Fremde Pfade, ferne Gestade; Leipzig, Jena, Berlin: Urania Verlag 1986
Kühnel Harry;	Alltag im Spätmittelalter; Verlag Styria, Graz 1984
Fritze, Konrad;	Seekriege der Hanse; Berlin 1989
Malcom, Goodwin	Der heilige Gral; München 1994
John Dyson	Kolumbus, die Entdeckung seiner geheimen Route in die neue Welt, (aus dem Amerik.); München 1991

Dudszus, A.; Henriot, E.; Köpcke, A.; Krumrey, F.;

	Das große Buch der Schiffstypen; Augsburg 1995
Tryckare, Tre;	Seefahrt, nautisches Lexikon in Bildern; Augsburg 1997